사라진 시간의 발자국

거인의 흔적에서 시작된 여섯 개의 미스터리

사라진 시간의 발자국

제로 미스터리

미홀 지음

다온길

프롤로그

그림자 너머에서 들려온 첫 신호

사막의 밤은 숨조차 죽은 듯 고요했지만, 그날은 달랐다. 바람이 멎은 모래 위에서 정체 모를 진동이 울려 퍼졌고, 그 소리는 귀가 아닌 뼛속 깊은 곳을 때렸다. 순간 하늘이 찢기듯 갈라지며 은빛 섬광이 대지를 내리꽂았고, 그 끝에는 사람의 발자국이라 하기엔 터무니없이 거대한 흔적이 남아 있었다.

그 흔적을 기점으로 세상은 균열을 보였다. 피라미드의 돌벽 틈에서 꺼지지 않는 빛줄기가 흘러나왔고, 히말라야 절벽 위에서는 천 년 동안 닫혀 있던 대문이 스스로 흔들렸다. 바다 밑에서는 종소리가 공명하듯 울려 퍼졌으며, 밀림의 마을은 매일 똑같은 하루를 끝없이 반복했다. 심지어 얼어붙은 빙하에서는 수십 년 전 사라진 자의 형체가 걸어나왔다.

사건들은 서로 아무런 연관이 없는 듯 흩어져 있었으나, 누군가는 그것들을 하나의 신호라 불렀다. 보이지 않는 손이 세계 곳곳에 같은 흔적을 남기듯, 각각의 현상은 서로를 호응하며 커다란 그림을 이루고 있었다. 그리고 그 모든 시작은 단 하나, 사막의 모래 위에 남겨진 거인의 발자국이었다.

그날 밤 이후, 사람들은 자신이 알던 세계가 결코 온전하지 않다는 사실을 깨닫기 시작했다. 낮과 밤, 과거와 현재, 이곳과 저곳을 가르던 경계는 서서히 흔들렸고, 설명할 수 없는 사건들은 서로 얽히며 커다란 물결처럼 퍼져 나갔다. 아무도 이유를 알 수 없었지만, 모두가 직감했다. 이 신호는 단순한 우연이 아니라 무언가 다가오고 있다는 전조라는 것을.

미홀

일러두기

이 책에 담긴 내용은 실제 사건과 전설, 그리고 미스터리한 기록에서 영감을 받아 탄생한 창작물입니다. 여기서 다루는 사건, 장소, 인물은 현실과 다를 수 있으며, 모든 단서는 당신의 상상 속에서 완성됩니다. 페이지를 넘기는 순간, 현실과 허구의 경계가 흐려지고, 당신은 이미 '제로 미스터리' 속으로 들어서게 될 것입니다.

차례

프롤로그 _ 그림자 너머에서 들려온 첫 신호　　　　　　　4

1장
칠레 사막 한밤의 거인

01 거인의 발자국이 처음 발견된 날　　　　　　　　　11
02 하늘에서 떨어진 은빛 섬광　　　　　　　　　　　16
03 목격자들이 본 그림자의 형체　　　　　　　　　　21
04 발자국의 끝에서 나타난 검은 돌기둥　　　　　　　26
05 발자국 옆에서 발견된 녹지 않는 금속 조각　　　　31
06 사막의 별빛 속에 울린 정체 모를 목소리　　　　　37
07 발자국이 사라진 뒤 남은 원형 자국　　　　　　　42
08 연구팀의 실종과 버려진 장비　　　　　　　　　　47

2장
피라미드 속 잠든 외계 장치

01 별빛과 일직선으로 선 꼭짓점　　　　　　　　　　55
02 밀실을 뚫고 나온 푸른 광선　　　　　　　　　　　60
03 탐사대가 남긴 금속판　　　　　　　　　　　　　　64
04 고대 벽화 속 하늘의 존재들　　　　　　　　　　　68
05 황혼마다 켜지는 발광 장치　　　　　　　　　　　73
06 내부에 울린 금속 공명음　　　　　　　　　　　　78
07 외계 문자의 홀로그램　　　　　　　　　　　　　82
08 봉인된 방의 미지의 기계　　　　　　　　　　　　87

3장
히말라야 절벽 공중 사원

01 구름 위에서 반짝인 금빛 지붕	95
02 사원에 이르는 유일한 사다리	100
03 천 년 동안 닫혀 있던 대문	105
04 벽화에 숨겨진 별자리 지도	110
05 기도 시간마다 울리는 하늘의 북소리	115
06 사원의 금고에서 나온 낯선 언어	120
07 승려들이 감춘 마지막 방	125
08 눈보라 속으로 사라진 탐험대	131

4장
쿠바 앞바다 대리석 궁전

01 어부의 그물에 걸린 대리석 조각	139
02 잠수부가 본 바다 속 계단	144
03 해류에 밀려온 금빛 조각상	149
04 궁전의 중심에서 발견된 빛나는 수정	155
05 대리석 바닥에 새겨진 이상한 문장	161
06 해저에서 울린 종소리	166
07 미로처럼 얽힌 궁전의 복도	171
08 돌연 잠수부를 삼킨 해류	176

5장
아마존 밀림 반복되는 하루

01 같은 새소리로 시작되는 아침 183
02 시계가 멈춘 마을 광장 187
03 마을 사람들의 똑같은 대화 191
04 매일 반복되는 폭우와 무지개 195
05 떠나려다 사라진 여행자 199
06 낡은 사진 속 똑같은 날짜 204
07 마을 중심의 고목나무 아래 숨겨진 문 208
08 시간의 틈을 넘어간 아이 213

6장
빙하 속에서 걸어나온 남자

01 탐사대 앞에 나타난 얼음 속 사람 221
02 눈을 뜬 순간의 낯선 언어 226
03 주머니 속 종이 쪽지의 비밀 230
04 70년 전 실종 보고서와 동일한 이름 235
05 빙하 아래로 내려간 구두 소리 240
06 눈보라 속에서 본 그림자 무리 244
07 남자가 사라진 자리의 작은 모닥불 248
08 남긴 유일한 말, 다시 올 것이다 252

1장

칠레 사막 한밤의 거인

01
거인의 발자국이 처음 발견된 날

 칠레 아타카마 사막은 낮에는 햇볕이 모래를 태우고 밤에는 별빛만이 바람 위를 걸어 다니는 곳이다. 사람 손길이 닿지 않는 황량한 평원 한가운데, 마을에서 가장 먼 쪽 모래밭에서 모든 일이 시작됐다. 그날은 유난히 달이 희미했고 하늘의 별들이 사막의 모래알처럼 쏟아져 내려오는 밤이었다. 마을에 사는 마르코는 낡은 트럭으로 사막 외곽을 돌며 가축을 확인하고 있었는데 라이트가 비추는 모래 위에 이상한 그림자가 스쳤다. 가까이 다가가 보니 발자국이었다. 그러나 그것은 보통 발자국이 아니었고 사람 발보다 세 배 이상 컸으며 깊이는 마치 수 톤짜리 무게가 내려앉은 것처럼 파여 있었다. 발가락 모양조차 없었고 발자국의 윤곽은 매끈했으며 모래알은 누군가가 눌러도 부서지지 않은 듯 단단히 눌려 있었다.

 마르코는 처음에는 장난이라고 생각했지만 발자국이 일정한 간격으로 쭉 이어져 사막 깊숙이 사라지는 것을 보고 말이 나오지 않았다. 라이트를 비춰 따라가자 발자국이 사라지지 않고 끝없이 이어졌다. 놀랍게도 발자국 주변의 모래는 바람에 전혀 날리지 않았고, 오히려 눌린 부분이 은은하게 빛나고 있었다. 그는 트럭을 세우고 발자국 하나에 발을 올려놓아 보았는데, 마치 얼음 위에 선 것처럼 차가운 기운이 발끝에서 무릎까지 전해졌다. 모래 속에 섞인 은빛 결정체가 빛을 반사하며 발자국을 더 선명하게 드러냈고, 그 순간 머리 위 하늘에서 희미한 금속성 진동이 스쳐 지나가는 듯한 소리를 들었다.

 마을로 돌아온 마르코는 이 이야기를 친구들에게 했지만 처음에는 아무도 믿지 않았다. 그러나 다음 날 아침 몇몇 호기심 많은 친구들이 트럭을 타고 현장을 찾았다. 그들은 발자국을 직접 보고 나서야 표정이 굳어졌다. 발자국의 간격이 너무 넓어서 사람이나 동물이 낼 수 있는 것이 아니었고, 그 끝은 마치 누군가 공중으로 날아오른 듯 사라지고 있었다. 더 이상 이어질 수 없는 모래 위에, 발자국의 마지막 흔적 바로 옆에는 마치 무언가가 땅에 내려앉았다 다시 솟아오른 듯한 거대한 원형 자국이 남아 있었다. 이 자국의 중앙에는 길쭉한 홈이 있었고, 거기에서 묘하게 타는 냄새와 금속 녹은 듯한 흔적이 발견됐다.

이 소식은 금세 마을 전체로 퍼졌고, 며칠 뒤 인근 대학의 탐사팀이 장비를 싣고 찾아왔다. 그들은 발자국의 깊이를 측정하고 표본을 채취했지만 결과는 더 미스터리해졌다. 모래 속의 은빛 결정은 지구상에서 알려진 어떤 광물과도 일치하지 않았고 표면 온도는 낮인데도 안쪽은 손을 댈 수 없을 만큼 뜨거웠다. 발자국이 생긴 지 사흘이 지나도록 모래 속 열기는 식지 않았고, 아무리 바람이 불어도 발자국 모양은 흐트러지지 않았다. 더 이상한 건 장비로 발자국 근처를 촬영하면 화면에 노이즈와 수평 줄이 생겼다는 점이었다. 전자파 간섭이 심해 카메라뿐 아니라 무전기와 휴대용 GPS도 작동하지 않았다.

탐사팀은 발자국의 끝에 있던 원형 자국 주변을 파보기로 했다. 하지만 모래 아래 2미터 정도 파내자 단단한 금속판 같은 것이 드러났고, 그 위에는 아무런 이음새도 없이 매끄럽게 이어진 표면이 있었다. 그것은 부드럽게 빛을 반사했지만 손을 대면 기이하게 미지근한 온기가 느껴졌다. 파낸 직후부터 모래 위에 이상한 현상이 나타나기 시작했는데, 발자국 중 일부가 서서히 사라지고 대신 옆쪽에 새로운 발자국이 나타났다. 마치 무언가가 우리 눈에 보이지 않는 채로 다시 걸어간 듯한 모양이었다.

이후 며칠간 사막에는 기묘한 변화가 이어졌다. 발자국 근처에서 밤이 되면 희미한 기계음과 함께 공기 중에 미세한 빛의 입자가 부유했다. 주민들 중 몇 명은 새벽에 발자국이 향하는 쪽 하늘에서 느리게 움직이는 빛을 보았다고 말했고, 그 빛은 이내 하늘로 가속하며 사라졌다. 탐사팀 중 한 명은 새벽녘 현장에 남아 측정을 시도하다가 무전이 두절된 채 실종되었고, 그가 마지막으로 남긴 음성 기록에는 바람과 금속성 울림 사이로 '그들이 돌아왔다'라는 속삭임만 남아 있었다.

그 후 정부 관계자들이 도착해 현장을 봉쇄하고 모래 위 모든 발자국을 덮어버렸다. 장비와 기록은 전부 회수되었으며 마을 사람들은 다시 사막에 들어가지 못하게 되었다. 그러나 발자국을 직접 본 사람들은 아직도 그날의 차가운 기운과 묘한 진동을 잊지 못한다. 특히 마르코는 가끔 밤이 되면 창밖으로 사막 쪽을 바라보다가, 모래 위를 가로지르는 아주 느린 그림자를 본다고 했다. 그는 그 그림자가 다시 마을 쪽으로 향하고 있는 것 같다고. 언젠가 그 발자국이 다시 나타날 것이라고. 그리고 그때는 이전보다 훨씬 가까이 다가올 것이라고 말했다.

② 하늘에서 떨어진 은빛 섬광

 사막의 밤은 원래 고요하다. 바람이 있어도 모래 위에서 나는 소리는 낮고 부드러워 사람의 귀에는 속삭임처럼 들린다. 하지만 그날 밤, 마르코가 본 것은 그 고요를 단숨에 깨뜨리는 것이었다. 그는 여느 때처럼 마을 외곽을 돌다 우연히 발자국을 발견했고, 그것을 따라가다 한참 후 트럭 옆에 서서 담배를 붙이려 했다. 불꽃이 아직 손끝에서 깜박일 때, 하늘 한쪽이 순식간에 찢기듯 열리며 은빛 섬광이 떨어졌다. 그것은 유성이 떨어질 때처럼 불타거나 산산이 부서지는 모습이 아니었고, 오히려 금속이 햇빛을 반사하듯 단단한 빛을 품은 채 매끄럽게 하강했다. 속도는 빠르지만 불안정하지 않았고, 섬광의 궤적은 직선이 아니라 부드럽게 휘어지며 마치 의도적으로 방향을 조정하는 듯 보였다.

　그 빛은 처음에는 대기권을 가르며 긴 꼬리를 남겼지만, 사막의 중간 지점에 이르자 꼬리가 사라지고 본체만이 부유하듯 움직였다. 마르코는 본능적으로 트럭의 헤드라이트를 껐다. 빛이 내려오면서 주변 모래가 순간적으로 색을 잃고, 마치 희뿌연 필름을 씌운 듯한 회색으로 변해갔다. 그 변화는 빛이 이동하는 궤적을 따라 원형으로 퍼져 나갔다. 빛은 땅에 부딪히지 않고 발자국의 끝 근처에서 잠시 멈췄다. 그리고 그 순간, 사막은 숨을 죽인 듯 완벽한 정적에 잠겼다. 바람이 멈추고, 멀리서 짖던 개들도 소리를 끊었으며, 심지어 마르코 자신의 심장 박동까지 희미하게 들릴 정도였다.

　섬광은 잠시 맴돌더니 갑자기 아래로 낙하했다. 충격음은 없었지만 사막의 모래가 일제히 파도처럼 흔들리며 원형으로 솟았다 가라앉았다. 모래알 사이에서 은빛 입자가 튀어나왔고, 그중 일부는 마치 살아 있는 듯 공중에 머물렀다. 마르코는 숨을 참고 그 장면을 보았다. 입자들은 빛을 반사하며 서로 연결되기 시작했고, 잠시 후 작고 희미한 구조물 같은 형태가 떠올랐다. 그것은 순간적으로 커졌다가 다시 무너져 은빛 가루로 변했고, 바람에 흩날리기보다는 바닥으로 스며드는 것처럼 사라졌다.

이상한 점은, 섬광이 내려온 자리에는 그저 모래 위의 거대한 원형 자국만 남았다는 것이다. 자국의 표면은 사막의 다른 모래와 달리 매끄럽고 반짝였으며, 손가락으로 만지면 모래가 아니라 얇은 금속판 같은 감촉이 전해졌다. 중앙에는 길게 패인 홈이 있었고, 거기에서 미세하게 타는 냄새와 금속이 녹은 듯한 향이 섞여 나왔다. 마르코는 본능적으로 그 홈 속을 들여다봤지만, 안쪽은 끝이 보이지 않는 깊은 어둠뿐이었다. 순간, 어둠 속에서 희미한 빛이 깜박였다. 그것은 규칙적으로 점멸하며 무언가 신호를 보내는 것처럼 보였다.

마르코는 뒷걸음질을 치며 트럭으로 향했지만, 이상하게도 걸음이 무거워졌다. 마치 발목에 보이지 않는 끈이 묶인 듯 움직임이 둔해졌고, 공기는 점점 더 무겁게 내려앉았다. 그는 억지로 몸을 돌려 하늘을 바라봤다. 섬광이 내려왔던 자리 위쪽에서, 또 다른 작은 빛들이 나타나 원을 그리며 천천히 회전하고 있었다. 그것들은 서로 간격을 유지하며 회전 속도를 점점 높였고, 순간적으로 합쳐졌다가 다시 흩어졌다. 그리고는 동시에 하늘로 솟구쳐 올라 별빛 속에 녹아 사라졌다.

마르코가 다시 원형 자국 쪽으로 시선을 돌렸을 때, 자국 주위의 모래가 파도처럼 출렁였다. 그는 그것이 바람 때문이 아니라 자국 아래에서 무언가 움직이고 있다는 것을 직감했다. 순간 모래 틈 사이로 은빛 결정체가 솟구쳤다가 바로 사라졌다. 그 순간, 그의 귓속에 금속이 부딪히는 듯한 청명한 울림이 번쩍 울렸다. 소리는 단 한 번뿐이었지만, 그 안에는 언어처럼 들리는 짧은 음절이 섞여 있었다. 마르코는 그 음절을 기억하려 했지만, 곧 머릿속에서 사라져 버렸다.

그는 서둘러 마을로 돌아와 이 일을 전했지만, 사람들은 별똥별을 보고 과장하는 것이라며 웃어넘겼다. 하지만 다음 날 청년들이 현장을 확인하러 갔을 때, 자국은 여전히 남아 있었고 주변에는 타버린 듯한 작은 파편들이 흩어져 있었다. 파편을 손에 들면 순간적으로 피부가 저릿했고, 빛에 비추면 내부에서 무언가 액체처럼 움직였다. 그들은 파편을 수거해 마을로 가져오려 했지만, 몇 걸음 가지 못해 파편이 갑자기 부서져 사라져 버렸다. 마치 스스로 존재를 지우는 듯 흔적 하나 남기지 않았다.

그날 이후, 마을 사람들은 밤마다 사막 쪽 하늘을 주시했다. 어떤 날은 별빛 사이에서 미세하게 반짝이는 빛이 나타났다가 사라졌고, 또 어떤 날은 모래 위에 알 수 없는 무늬가 그려진 채 발견되었다. 마르코는 여전히 섬광이 내려온 날의 정적과 금속성 울림을 잊지 못했다. 그는 그것이 단순한 하늘의 장난이 아니라, 무언가가 우리 세계에 발을 디딘 신호라고 믿었다. 그리고 언젠가 그 빛이 다시 사막 위를 가로지르며 내려올 것이라고, 그때는 더 많은 것을 남기고 갈 것이라고 확신했다.

③
목격자들이 본 그림자의 형체

새벽 무렵, 은빛 섬광의 소문이 마을을 한 바퀴 도는 사이 첫 번째 목격자가 주유소 지붕 위에서 이야기를 꺼냈다. 밤새 우두커니 별을 보던 그는 소금 평원 위로 뭉쳐진 어둠이 걸어가는 것을 봤다고 했다. 구름도 아니고 먼지도 아닌데 가장자리가 열기처럼 출렁였고 지나가는 자리마다 별빛이 한순간씩 꺼졌다가 다시 켜졌다고 했다. 트랜지스터 라디오에서는 사막 바람 소리 대신 금속 긁는 듯한 얇은 울림이 길게 늘어졌고 그가 손전등을 비추자 빛줄기가 그림자에 닿는 순간 갑자기 힘을 잃은 듯 바닥으로 꺾였다고 했다. 그는 그것을 '빛을 먹는 덩치'라고 불렀고 그 덩치는 발자국의 끝에서 방향을 틀어 북쪽으로 사라졌다고 말했다.

두번째 목격자는 염소를 돌보던 루시아라는 소녀에게서 나왔다. 골짜기 위쪽 둔덕에 엎드려 있던 그녀는 염소들이 이유 없이 산산이 흩어지는 순간을 먼저 봤고 그 다음에야 절벽 어귀에 붙은 검은 형체를 발견했다. 사람 키로 가늠할 수 없는 높이였는데 움직임은 느린데 한 걸음마다 벌벌 떨리는 먼지가 바닷물처럼 밀려났고 마치 무릎이 없는 다리로 미끄러지듯 땅을 딛는 듯 딛지 않는 듯 움직였다고 했다. 팔은 없다고 생각한 찰나에 옆구리에서 가느다란 막대 같은 것이 한 번 휘어졌다가 사라졌고 그 순간 근처의 큰 선인장이 바람도 없는데 기우뚱하며 모래 속으로 조금 잠겼다고 했다. 그녀는 그때 들은 소리를 '살짝 눌렀다가 떼는 북소리'라고 적었다.

한밤 국도를 달리던 트럭 운전사는 대시보드 시계가 갑자기 몇 분을 건너뛰었다고 했다. 헤드라이트가 길을 문지르듯 길게 번질 때 길 앞에서 더 어두운 어둠이 길을 건너는 걸 보았고 바퀴 밑 아스팔트가 물결처럼 얇게 흔들렸다고 증언했다. 트럭의 경적을 눌러도 소리가 늦게 따라왔고 엔진 냄새 사이로 차갑고 매캐한 쇠 냄새가 스며들었다. 그는 휴게소에서 기름때 묻은 분필로 그 형체를 그려 보였는데 머리 부분이 둥근 반원처럼 앞으로 기울어 있었고 허리라 부를 만한 곳에서 희미한 구멍들이 반짝였다고 했다. 무엇보다도 그가 말한 건 발소리가 없었다는 점이었다.

별을 보러 사막으로 나온 연인도 있었다. 픽업 트럭 짐칸에 망원경을 올려두고 별자리 위치를 확인하던 중 북동쪽 하늘에서 별 몇 개가 동시에 가려지는 현상을 보았다. 구름이라면 가장자리가 부슬부슬해야 하는데 칼로 자른 종이처럼 매끈했고 약한 반딧불이 같은 점들이 그 둘레를 돌다가 갑자기 모여 한 덩이가 되었다가 다시 흩어졌다고 했다. 그들이 들고 온 오래된 필름 카메라에는 회색 얼룩만 찍혔지만 녹음기에 남은 소리에는 규칙적인 두근거림과 모래를 비벼대는 낮은 숨 같은 게 실려 있었다. 그 둘은 그 소리를 '누군가 가까이 와서 조용히 숨을 참는 느낌'이라고 표현했다.

폐광 앞 야간 경비원은 개 한 마리가 그림자 방향을 보자 꼬리를 다리 사이로 말아넣고 울음을 삼켰다고 했다. 그는 담뱃불을 켰다가 곧 껐다가를 반복하며 지켜봤는데 머리 부분이 초승달처럼 길쭉했고 고개를 돌릴 때마다 달빛이 휘어지는 것처럼 보였다고 말했다. 발은 둥근 타원 두 개가 겹쳐진 모양으로 닿는 자리마다 모래가 눌리며 얇게 번쩍였고 통과하고 난 뒤엔 마치 서리가 내려앉은 것처럼 하얀 가루가 남았다. 그는 장갑을 끼고 그 가루를 주머니에 넣었지만 아침이 되자 흔적도 없이 사라졌고 주머니 안쪽 천에는 차갑게 식은 쇠 냄새만 오래 남아 있었다. 그 밤 이후 경비소의 오래된 벽시계는 자꾸 뒤로 갔다.

며칠 뒤 마을회관에 사람들이 모여 각자 본 형체를 한 장의 그림으로 합치자 공통점이 또렷하게 드러났다. 키는 마을 물탱

크 꼭대기와 비슷하거나 더 컸고 어깨는 좁았으며 몸통 한가운데 작은 창처럼 보이는 구멍들이 홀수로 늘어서 있었고 걸음은 크지만 움직임은 물결처럼 부드러웠다. 지나간 자리에서는 라디오가 지직거리며 나침반이 제멋대로 돌았고 카메라들은 모두 흐릿한 얼룩만 남겼다. 아이들 중 한 명이 크레파스로 그린 그림엔 가슴에서 옆으로 가는 얇은 선들이 여럿 그려져 있었는데 어른들은 그것을 빛의 갈비뼈라고 불렀다. 노인은 오래전에 전해 내려오던 '소금 벌판의 거인' 이야기를 꺼내며 모래 위 선들이 옛 지상그림과 방향이 같다고 중얼거렸다.

마지막 목격은 해가 지는 무렵 사막 외곽에서 일어났다. 사람들이 원형 자국 근처에서 조심스레 지켜보던 때 모래 언덕 너머로 그림자가 다시 솟아올랐고 잠깐 멈춰 서서는 허리를 굽히는 듯한 동작을 취했다. 그 순간 공기가 내려앉는 것처럼 무거워지더니 원형 자국 중앙에서 얇은 기둥 같은 빛이 소리 없이 하늘로 곧게 솟았고 머리 위 별들이 그 빛을 따라 한 줄로 모였다가 다시 제자리로 흩어졌다. 형체는 빛 속에서 천천히 흐려져 더 키가 큰 그림자로 늘어났다가 모래 위에 먼지 한 줌 남기지 않고 사라졌다. 사람들이 숨을 다시 쉬었을 때 발자국은 아까보다 더 또렷했고 마지막 발자국의 가장자리에 하얀 가루가 아주 얇게, 마치 누군가 방금 지나간 이정표처럼 반짝이고 있었다.

04
발자국의 끝에서 나타난 검은 돌기둥

　발자국이 끝나는 지점은 처음부터 이상했다. 그것들은 일정한 간격으로 이어지다 갑자기 모래 위에서 뚝 끊겼고 그 자리에는 하늘에서 무언가가 내려앉았다가 다시 사라진 듯한 넓은 원형 자국이 남아 있었다. 그런데 그 원의 정중앙에서 아주 낯선 존재가 모습을 드러냈다. 그것은 마치 땅속 깊은 곳에서 천천히 밀려 올라온 것처럼, 모래를 가르며 조금씩 고개를 내밀었고 이윽고 전모가 드러나자 사람들은 숨을 죽였다. 그것은 사람 키를 세 번은 합쳐야 닿을 높이의 검은 돌기둥이었다. 표면은 빛을 삼키는 듯 매끄럽고 깊은 어둠으로 덮여 있었으며 모래바람이 스쳐도 흠집 하나 나지 않았다. 돌기둥은 직선 같으면서도 가까이 보면 미세하게 뒤틀려 있었고 그 표면에서 눈에 보이지 않는 파문이 은근하게 퍼져 나와 주위 공기를 묵직하게 만들었다.

돌기둥 주위의 모래는 이상하게도 바람에 날리지 않았고 오히려 돌기둥 쪽으로 서서히 기울어져 가는 듯했다. 가까이 다가간 청년 하나가 손을 뻗어 만지려 하자, 그의 손바닥과 돌기둥 사이에서 순간적으로 얇은 빛줄기가 번쩍이며 손이 튕겨나갔다. 그는 아무 상처도 없었지만 손끝이 한동안 마비된 듯 감각이 사라졌다. 돌기둥 아래쪽에는 아주 얇은 틈이 원형으로 둘러져 있었고 그 틈 안쪽에서 간헐적으로 낮은 진동음이 울렸다. 그 소리는 마치 심장 박동처럼 규칙적이었으나 박동 사이사이에 들리는 미묘한 고저차가 마치 어떤 암호를 전달하는 듯했다. 주위에 있던 사람들은 그 진동을 온몸으로 느꼈다. 발바닥을 타고 다리에 전해져 심장과 같은 속도로 울렸고, 일부는 순간적으로 숨이 막히는 느낌을 받았다.

이후 마을에서 불려온 나이 든 목수는 그 돌기둥의 재질이 '돌'이 아니라고 단언했다. 그는 손에 들고 있던 작은 강철 망치로 표면을 두드려 보았는데, 그 순간 돌기둥이 망치의 충격을 흡수하듯 진동을 삼키고, 대신 공중에 푸른빛의 잔물결 같은 것이 일었다. 그 빛은 잠깐 동안 사람들의 그림자를 뒤틀리게 만들었고, 그림자들은 마치 서로 다른 방향에서 비추는 빛을 받은 것처럼 엉뚱한 각도로 움직였다. 몇몇은 이 돌기둥이 단순한 구조물이 아니라 무언가의 '문' 혹은 '등대'일 거라 추측했다. 돌기둥이 나타난 위치가 발자국의 종착점인 만큼, 그것은 이 거인의 여정이 향한 목적지이자 출발점일 수 있었다.

밤이 되자 돌기둥의 존재감은 더욱 기묘해졌다. 달빛 아래에서도 돌기둥은 전혀 반사광을 내지 않았고, 오히려 윤곽이 공기 속으로 녹아드는 듯 보였다. 그리고 한밤중이 되자 틈새에서 서서히 빛이 스며 나오기 시작했다. 그 빛은 은색도 금색도 아닌, 단어로 표현하기 어려운 색이었다. 그것은 보는 각도에 따라 색이 변했고, 어떤 순간에는 색이 아니라 형체처럼 보였다. 빛이 세차게 나오자 주변의 모래가 작은 소용돌이로 말려 올라가 돌기둥 표면을 타고 회전하며 올라갔다. 그 모습은 마치 모래알들이 돌기둥 속으로 흡수되는 것처럼 보였고, 이내 바람과 함께 사라졌다.

그 현상을 본 사람들은 두 부류로 나뉘었다. 일부는 이것이 땅속 깊은 곳에서 솟아오른 고대의 장치라고 믿었고, 나머지는 하늘에서 내려온 존재가 남긴 표식이라고 주장했다. 어느 쪽이든, 돌기둥은 분명 평범한 지질 구조물도 아니고 사막의 자연물도 아니었다. 다음 날 아침, 돌기둥 주변의 모래에서 작은 금속 조각들이 발견되었는데, 그것들은 모두 같은 모양이었고 손톱만 한 크기임에도 표면에 미세한 문양이 새겨져 있었다. 현미경으로 들여다보면 그 문양은 규칙적으로 이어져 있었고, 마치 행성의 궤도를 단순화한 지도처럼 보였다.

이후 돌기둥에 변화를 주기 위해 여러 시도가 있었지만 결과는 모두 실패했다. 물을 부어도 흘러내렸고, 불을 붙여도 아무런

흔적이 남지 않았다. 심지어 대형 굴착기의 팔을 동원해 옆의 모래를 파보려 했지만, 돌기둥 아래로 뻗은 구조물은 끝이 없었다. 마치 지구 속 깊숙이 뿌리를 내린 나무처럼, 그 끝이 어디인지 알 수 없었다. 탐사 장비를 들고 접근한 사람들은 이상한 현상을 겪었다. 장비의 화면에 불규칙한 빛의 패턴이 나타나더니, 갑자기 화면이 꺼지고 다시 켜졌을 때는 현재 위치가 아닌 전혀 다른 풍경이 나타났다고 했다. 거기엔 사막이 아닌 초록빛 하늘과 낯선 구름, 그리고 멀리 서 있는 다른 돌기둥들이 보였다.

며칠 뒤, 돌기둥은 다시 사라졌다. 그것은 서서히 땅속으로 가라앉듯 내려갔고, 모래는 아무 일 없었다는 듯 표면을 메웠다. 사라진 자리에는 아주 미세하게 색이 다른 원형의 모래만 남았다. 그리고 그날 밤, 멀리서 번개도 구름도 없는 하늘 한가운데에 검은 실루엣이 나타났다. 그것은 발자국의 주인일지도 모르는 형체였고, 잠시 서 있다가 서쪽으로 사라졌다. 사람들은 돌기둥이 사라진 것이 끝이 아니라, 시작의 신호일지도 모른다는 불안과 설렘 속에서 다시 사막을 바라봤다. 그 자리에서 언젠가 또 다른 무언가가 솟아오를 것임을, 모두가 직감적으로 알고 있었다.

발자국 옆에서 발견된 녹지 않는 금속 조각

 발자국 줄기의 다섯 번째 굽이에서 우리는 그것을 처음 보았다. 모래에 반쯤 묻힌 채 햇빛도 아닌데 스스로 빛을 쥐고 있는 것처럼 은근히 반짝였고 손바닥만 한 크기의 얇은 조각이었으며 가장자리는 종잇장처럼 매끈했지만 가운데로 갈수록 물결무늬가 겹겹이 잡혀 있어 손끝을 가져가면 마치 미지근한 숨이 새어 나오는 듯했다. 장갑을 낀 루시아가 조심스레 꺼내자 조각은 믿기 어려울 만큼 무거웠고 그 무게가 모래 속으로 몸을 끌어당기는 것처럼 손아귀를 쑥 끌어내렸으며 표면에서 아주 약한 떨림이 피어 올라 손바닥을 간질였다. 햇빛에 비추면 색이 계속 바뀌어 어느 순간에는 파란 유리 같고 또 어느 순간에는 젖은 흑요석처럼 보였고 우리가 가까이 모일수록 조각은 더 깊은 색으로 가라앉았다. 그 곁의 발자국에서는 여전히 차가운 기운이 올라왔고 모래알이 서로 눌러 붙은 듯 꽉 조여져 있었으며 조각의 윤곽은 그 자리에 오래전부터 있었던 물건처럼 자연스럽게 박혀 있었다.

 마을로 가져와 주유소 뒤쪽 그늘에 조각을 놓고 이것저것 시험을 해보았다. 자석을 갖다 대면 철못과 나사들은 쩔쩔매며 붙었지만 조각은 꿈쩍도 하지 않았고 오히려 자석이 밀려나는 느낌이 들었다. 납땜용 토치를 켜서 붉은 불꽃을 댔는데 불길은 조각 위에 달라붙지 못하고 옆으로 미끄러졌으며 주변의 쇠판이 먼저 달궈져 붉어질 때에도 조각은 처음 만졌던 그 온도를 고집했다. 오래된 냄비를 엎어 작은 화덕처럼 만들어 끓는 물 위에 올려봤지만 물은 금세 줄어들 만큼 펄펄 끓어도 조각은 새벽의 돌처럼 변함이 없었고 젖은 천을 덮어도 김만 올랐을 뿐 표면에 흠집 하나 생기지 않았다. 우리는 그때부터 그것을 '녹지 않는 금속'이라고 불렀고 그 별명은 마을의 새로운 인사말이 되어 밤마다 서로의 어깨를 건드리며 낮의 시험을 떠들게 만들었다.

밤이 되자 조각의 성질은 또 달라졌다. 램프 불빛 아래에서는 아무 일도 없던 표면이 달빛을 받자 얇은 물비늘처럼 떨리며 길고 가는 선들이 떠올랐고, 그 선들은 단번에 모양을 완성하는 대신 숨을 쉬듯 나타났다 지워졌다를 반복하며 서서히 서로를 이어 별자리처럼 하나의 도형을 만들었다. 선의 끝에서 작은 점들이 반짝이면 근처 라디오에서는 지직거림 사이로 규칙적인 두 박자가 섞여 나왔고, 조각에 손가락을 살짝 대면 그 박자가 몸으로 전해져 손목에서 맥이 한 박자 건너뛰는 듯 불규칙하게 흔들렸다. 우리는 그 무늬가 지도를 닮았다고도 말했지만 다음 날 다시 보면 어제와 같은 모양을 한 번도 본 적이 없었고, 다만 북서쪽 하늘을 가리키는 화살표 비슷한 선만은 이상하게도 매번 마지막에 나타났다.

다음으로 시도한 건 소리를 내보는 일이었다. 목수가 가져온 작은 망치로 조각을 아주 살짝 건드리면 물잔 살피는 소리처럼 가늘고 투명한 울림이 길게 이어졌고, 조금 더 세게 치면 오히려 소리가 짧아지며 금속이 아니라 나무 속을 두드린 듯 둔탁하게 가라앉았다. 그 울림을 따라 주유소의 네온사인이 순간적으로 깜박였고 옆집의 오래된 벽시계는 똑같은 자리를 두 번 가리키며 시간을 어물어물 넘겼다. 루시아가 현악기의 활을 가져와 조각의 가장자리를 긁어 보자 미세한 선들이 빛을 토해 내며 활줄의 미세한 떨림과 똑같은 빠르기로 피어올랐고, 그때 발자국이 있던 방향에서 바람도 없이 모래가 한 번에 쓰윽 미끄러져 내려가는 장면이 마당 끝에서 보였으며 모두가 동시에 고개를 돌려 다시 조각을 보았을 때 울림은 막 끊긴 파도처럼 조용해졌다.

우리는 조각을 두 동강 내어 속을 보려 했다. 쇠톱의 이빨이 무뎌지고 줄날이 닳아 없어지며 금가루가 나오는 듯 보였지만 곧 사라졌고 톱자국은 시작과 동시에 봉합되듯 매끈하게 메워졌다. 화약을 아주 조금 심어 모래주머니를 둘러 싼 뒤 터뜨리는 위험한 장난을 벌였을 때에도 조각은 옆에 깔아둔 모래자루와 구리선만 너덜너덜하게 만들고 그 자리에서 태연히 빛을 가라앉혔으며, 그리고 이상한 일이 벌어졌다. 조각 표면에 아주 얇은 틈이 스스로 열리고 그 속에서 방금 우리가 부쉈던 모래자루의 섬유 한 올이 끌려 들어가더니 자국 없는 표면으로 감쪽같이 닫혔고, 곁눈질로 본 사람들은 그 순간 표면이 우리의 얼굴을 한 번 비추었다고, 그러나 눈을 돌리는 사이 아무것도 남지 않았다고 말했다.

 조각을 어디에 보관할지 의견이 갈라졌고 결국 마르코가 가지고 있던 오래된 금고에 넣어 마을회관 지하실에 두기로 했다. 그런데 다음 날 금고를 열어보니 조각이 보이지 않았고 금고 바닥의 얇은 철판이 접힌 채 상자 모양으로 휘어져 있었으며 금고 벽에는 밤마다 떠오르던 그 선들이 희미하게 새겨져 있었다. 모두가 다급히 발자국이 있던 쪽으로 달려가 보니, 거기 모래 위에 새로 생긴 작은 자국들이 조각의 크기와 똑같은 간격으로 이어져 있었고 그 자국은 우리가 걸어가기도 전에 이미 발자국의 줄기를 따라 북서쪽을 향해 이어지고 있었다. 우리는 그것이 스스로 돌아가려는 길을 찾는다고 이해할 수밖에 없었고, 저녁 무렵 바람이 멈추자 그 자국은 더이상 보이지 않는 투명한 발걸음으로 이어진 채 모래 사이로 스며들어 버렸다.

며칠 뒤, 정부에서 온 사람들이 트럭과 장비를 몰고 사막을 봉쇄했고 '발견물'은 모두 인계하라고 서류를 내밀었지만 정작 그들이 손에 넣은 건 우리 금고에서 돌아오지 않은 조각이 아니라 발자국 가장자리에 뒤늦게 나타난 깨진 파편 몇 조각뿐이었다. 그 파편들은 낮에는 돌처럼 무뚝뚝했지만 밤이면 어김없이 서로의 모서리를 맞대며 느리게 움직였고 하나가 다른 하나의 그림자 속으로 들어가면 금속 냄새가 진해졌다가 금세 사라졌다. 마을 사람들은 말없이 하늘을 올려다보았고 구름 한 점 없는 어둠 속에서 북서쪽 별들이 잠깐 엷게 흐려졌다가 되돌아오는 것을 보았으며 그때 마르코는 속삭였다. 조각이 가리키던 방향이 저기였다고, 우리는 처음부터 그 금속이 우리 손에 머물 물건이 아니었다고, 언젠가 발자국이 다시 이어질 때 그 조각은 우리보다 먼저 길을 알고 있을 거라고, 그리고 그 말은 며칠 뒤 새벽, 모래 위에 나타난 새로운 첫 발자국이 이전보다 더 깊고 또렷하다는 소식을 들은 날까지 우리 마음에서 사라지지 않았다.

(06)

사막의 별빛 속에 울린 정체 모를 목소리

 사막의 밤은 원래 바람이 부는 소리와 모래 알갱이들이 부딪히는 사각거림, 그리고 멀리서 들려오는 풀벌레 울음이 전부인데 그날 밤은 달랐다. 하늘은 구름 한 점 없었고 별빛이 유리처럼 또렷하게 박혀 있었으며 마치 누군가가 머리 위의 별을 한 움큼 모아 가까이 가져온 듯 빛이 강했다. 발자국이 이어진 곳에서 사람 몇이 모여 별을 바라보고 있을 때, 처음에는 바람이 방향을 틀 때 나는 듯한 낮은 숨소리가 귀를 스쳤다. 그것이 바람이 아니란 걸 알게 된 건 그 소리가 마치 누군가의 가슴 속에서 나오는 울림처럼 진하게 진동했기 때문이었다. 모래 위에 앉아 있던 마르코는 발바닥으로 아주 약한 떨림을 느꼈고, 그 떨림이 그의 심장 박동과 묘하게 맞아떨어졌다.

 목소리는 단어라고 부르기 어려운 음절의 연속이었다. 그것은 인간의 목소리처럼 높낮이가 있었지만 말소리라기보다 금속관을 울리는 바람 같은 소리였다. 처음엔 아주 낮게 시작되다가 점점 높아졌고, 별빛이 강해질수록 더 선명해졌다. 그 음은 사방에서 동시에 들리는 것 같았지만 발자국의 방향에 귀를 기울이면 거기서 더 깊고 길게 울렸다. 루시아는 그 소리를 '뼈로 듣는 목소리'라고 표현했다. 귀로 듣는 게 아니라 몸 속에서 직접 울려 퍼지는 듯했고, 그 순간 옆에 있던 라디오가 스스로 켜지더니 주파수 바늘이 제멋대로 움직이며 같은 리듬을 반복했다. 바늘이 멈춘 지점에서 라디오 스피커에서는 똑같은 음이 흘러나왔다.

목소리는 일정한 간격으로 끊기며 반복되었는데, 중간중간 아주 짧은 침묵이 섞였다. 그 침묵 속에서는 바람도, 사람의 숨소

리도, 사막의 열기마저 멈춘 듯했다. 그때 멀리서 별 하나가 궤도를 벗어난 듯 움직이더니 천천히 하늘을 가로질러 발자국이 끝나는 방향으로 내려왔다. 그러나 그 빛은 땅에 닿지 않고 허공에서 멈춰 섰고, 그 순간 목소리의 음색이 달라졌다. 낮고 길게 끌던 울림이 짧고 빠른 음으로 바뀌었으며, 그 빠른 음은 마치 누군가와 대화를 나누는 듯한 리듬을 가졌다. 그 자리의 모든 사람은 마치 둘 사이에 주고받는 말소리를 훔쳐듣는 방청객처럼 숨을 죽이고 귀를 기울였다.

그 목소리는 이내 별빛과 어우러졌다. 발자국의 주변 모래가 아주 미세하게 흔들리며 별빛을 반사했고, 반사된 빛들이 발자국 안쪽으로 스며들어 발자국의 윤곽이 또렷해졌다. 그 빛 속에서 우리는 환영 같은 형체를 보았다. 키가 높이 솟아올라 별과 겹치는 그림자, 사람의 형태와는 다른 긴 팔과 뾰족하게 뻗은 머리, 그리고 몸통 중앙에서 번쩍이는 무언가가 있었는데, 그것이 목소리의 근원인 듯 빛과 울림이 동시에 거기서 터져 나왔다. 형체는 한 발자국 움직일 때마다 발자국 옆 모래에서 얇은 연기가 피어올랐고, 그 연기가 하늘로 올라가면서 작은 빛점이 되어 별들 사이로 흩어졌다.

이윽고 목소리는 바람처럼 사라졌다. 그러나 여운은 여전히 남아 있었다. 몸 속에서 울리던 진동이 완전히 사라지는 데에는 몇 분이 걸렸고, 그 사이 몇몇 사람들은 갑자기 머릿속에 짧은 이미지가 스쳐 지나갔다고 했다. 끝없이 펼쳐진 사막 한가운데 서 있는 수많은 검은 돌기둥, 그 위로 흘러가는 빛의 강, 그리고 그 빛 속을 따라 이동하는 거대한 그림자의 행렬, 그것은 꿈속에서 본 장면처럼 흐릿했지만 이상하게도 그 감각은 너무 생생해 모두를 잠시 말이 없게 만들었다. 마르코는 자신이 본 장면을 설명하며 그것이 초대인지 경고인지 구분할 수 없다고 했다.

다음 날 아침, 목소리가 울린 자리의 모래 위에서 미세한 변화가 발견되었다. 밤에는 보이지 않던 얇은 패턴이 발자국 옆에 남아 있었는데 그것은 길고 복잡한 선들의 연결로 이루어진 원형 문양이었다. 표면을 손으로 문지르면 사라질 듯했지만 모래

알 하나하나가 마치 색이 다르게 칠해진 듯 문양의 형태를 유지하고 있었다. 그 문양을 위에서 보면 북쪽 하늘의 별자리와 놀라울 정도로 일치했고, 특히 목소리가 시작되던 순간 움직였던 그 별의 위치가 정확히 문양의 중심에 자리하고 있었다. 우리는 그것이 단순한 장식이 아니라 무언가를 가리키고 있다는 사실을 직감했다.

그날 밤, 다시 사막에 나간 사람들은 목소리가 돌아오기를 기다렸지만, 별빛만이 사막 위를 덮고 있었다. 그러나 발자국 옆 문양은 낮보다 더 선명해졌고, 달빛이 비칠 때마다 문양의 일부 선들이 미묘하게 위치를 바꾸며 마치 시간에 따라 완성되는 지도처럼 변해갔다, 마르코는 조용히 말했다.

"이건 끝이 아니야. 저 목소리는 다시 들릴 거야. 그리고 그때는 우리가 대답해야 할지도 몰라."

그의 말은 바람처럼 가볍게 흩어졌지만, 그 자리에 있던 모든 사람의 마음속에 묵직한 파문을 남겼다.

07
발자국이 사라진 뒤 남은 원형 자국

 사막의 한가운데를 가로지르던 거인의 발자국이 갑자기 끝나는 지점, 거기에는 바람이 지워버리지 못한 또 다른 흔적이 남아 있었다. 그것은 마치 하늘에서 거대한 바퀴가 내려와 모래 위에 눌러 찍은 것처럼 완벽한 원형을 이루고 있었고, 직경은 마을 우물 네 개를 합친 것보다 넓었으며 가장자리는 날카롭게 선이 살아 있었다. 발자국이 이어지던 방향으로는 더 이상 아무것도 없었고, 원형 자국의 중심에는 미세하게 내려앉은 모래층이 다른 곳보다 단단하게 굳어 있었다. 처음 그곳에 발을 디딘 사람들은 의외로 푹 꺼질 거라 예상했지만 오히려 단단한 금속판 위에 선 듯 발바닥으로 묵직한 반발을 느꼈다. 표면은 모래임에도 불구하고 반사광이 은근히 번져나와 밤에도 희미하게 빛이 맺혔다.

 원형 자국의 내부에는 규칙적으로 반복되는 얇은 홈이 있었다. 가까이서 보면 그것은 바깥쪽으로 갈수록 간격이 조금씩 넓어지고, 중심부로 갈수록 미세하게 좁아지는 나선형을 이루고 있었다. 손가락으로 그 홈을 따라가면 미묘한 온도 차를 느낄 수 있었는데, 어떤 구간은 시원하고 어떤 구간은 체온보다 따뜻했다. 루시아는 이 홈이 단순한 장식이 아니라 무언가를 '읽기' 위한 코드 같다고 말했다. 홈 사이사이에 박혀 있는 듯한 작고 반투명한 입자들이 달빛을 받을 때 은색과 청색 사이를 오가며 색을 바꿨고, 마르코는 그것이 하늘의 별자리 변화와 맞물려 있는 것처럼 보인다고 했다. 모두가 그 안에서 무언가가 작동하고 있다는 사실을 본능적으로 느꼈다.

밤이 깊어가자 원형 자국의 변두리에서 낮게 울리는 진동음이 퍼지기 시작했다. 처음엔 바람에 울리는 금속판 같은 소리였

지만, 곧 일정한 리듬을 타고 강약이 변했다. 진동이 강해질 때마다 원형 자국 가장자리의 모래가 서서히 들려 올라와 허공에서 잠시 부유했다가 다시 내려앉았다. 그 움직임이 마치 숨을 쉬는 것처럼 규칙적이었고, 원형의 표면에 달라붙은 별빛이 그 리듬에 맞춰 번쩍였다. 마치 자국 전체가 거대한 심장처럼 박동하고 있는 듯한 모습이었다, 사람들은 이 진동이 발자국의 주인과 무언가 연결된 신호일지도 모른다고 속삭였다.

며칠이 지나면서 발자국은 바람과 모래에 서서히 덮였지만 원형 자국만은 조금도 변하지 않았다. 심지어 모래 폭풍이 지나가도 자국 안의 모래는 흔들리지 않았고, 표면의 홈과 입자들은 처음 본 날 그대로 유지되었다. 어떤 날은 자국 위로 서리 같은 얇은 결정이 피어오르기도 했는데, 그것은 새벽 햇살이 닿으면 금세 사라졌다. 그 결정이 사라지는 순간 표면에서는 아주 짧게 번쩍임이 일었고, 그때 라디오나 휴대기기는 간헐적으로 꺼졌다 켜졌다. 마치 자국이 순간적으로 강한 신호를 뿜어낸 듯한 반응이었다.

한밤중, 원형 자국 위에 서 있던 청년은 이상한 체험을 했다. 그는 발밑에서 몸 전체로 퍼져 나오는 울림을 느끼더니 눈앞이 갑자기 희미하게 변해갔다. 순식간에 주변 사막이 사라지고 대신 검푸른 하늘과 그 아래로 이어진 거대한 돌기둥들의 평원이 펼쳐졌다. 그 돌기둥들은 서로 다른 빛을 내며 박동했고, 그 빛이 모여 하늘 위에 거대한 무늬를 만들었다. 그 무늬는 원형 자국의 홈과 정확히 일치했으며, 그는 그 속에서 자신이 서 있는 위치가 그 거대한 구조물의 한 점에 불과하다는 것을 깨달았다. 그리고 시야가 다시 돌아왔을 때 그는 자국 한가운데에 서 있었다.

이후 마을 사람들은 원형 자국이 단순한 흔적이 아니라 '좌표'라는 생각을 갖게 되었다. 그것은 발자국의 종착지이자 무언가가 다시 찾아올 때의 착륙점일 수 있었다. 실제로 별이 유난히 밝게 빛나는 밤이면 원형 자국의 입자들이 동시에 빛을 내며 마치 위를 향한 신호를 보내는 것처럼 깜박였다. 그 깜박임은 일정하지 않았지만 반복되는 패턴이 있었고, 그것을 기록해보니 하늘의 특정 별군이 지나가는 시간과 맞아떨어졌다. 이 사실은 사람들에게 원형 자국이 언제 다시 활성화될지를 예측할 수 있는 단서가 될지도 모른다는 기대를 심어주었다.

하지만 원형 자국은 여전히 그곳에 고요히 있었다. 누구도 그것을 파괴하거나 옮길 수 없었고, 그 위에 서면 알 수 없는 기시감과 함께 발자국이 이어지던 광경이 눈앞에 아른거렸다. 마르코는 원형 자국을 가리키며 언젠가 이곳이 또다시 밝게 빛날 거라고 말했다. 그리고 그날이 오면 발자국의 주인이 돌아올지도 모른다고. 그의 목소리에는 두려움과 설렘이 동시에 섞여 있었고, 사막 위의 별빛은 마치 그 말을 들었다는 듯 잠시 더 강하게 빛났다.

08

연구팀의 실종과 버려진 장비

사막 한가운데 남아 있는 거인의 발자국과 원형 자국을 조사하기 위해 모인 연구팀은 대학 소속 과학자와 민간 탐사 전문가, 그리고 장비 운영 요원들로 구성되어 있었다. 그들은 위성 통신 장비와 지질 분석기, 레이저 측량기, 드론과 고해상도 카메라를 싣고 트럭 여러 대를 몰고 들어왔으며 캠프를 원형 자국에서 300미터 떨어진 지점에 설치했다. 첫날은 모든 것이 계획대로 진행되었고 팀원들은 발자국과 자국의 3D 모델을 만드는 한편 모래 속 시료를 채취해 온도와 밀도 변화를 기록했으며 표면의 미세한 패턴과 빛 반사를 측정하는 작업도 병행했다. 그러나 해가 지고 사막이 어둠에 잠기자 예상치 못한 현상이 나타나기 시작했는데 캠프 주변의 기온이 급격히 떨어지고 전자 장비에서 원인을 알 수 없는 간섭음이 발생하며 무전기의 주파수는 제멋대로 바뀌었다.

둘째 날 아침, 팀은 원형 자국 중심에 측량 삼각대를 세우고 레이저를 하늘로 쏘아올렸는데 빛줄기는 곧게 뻗다가 자국 위쪽 30미터 지점에서 갑자기 방향을 틀며 북서쪽 하늘의 특정 별자리를 향했고, 레이저가 꺾이는 순간 자국 가장자리의 모래가 미세하게 진동하며 작은 소용돌이를 만들었으며 드론이 촬영하던 화면에는 순간적인 왜곡 현상이 생겨 수 초 동안 영상이 흐릿하게 번졌다. 드론의 GPS는 실제 위치에서 200킬로미터 이상 떨어진 좌표를 표시했고 장비 담당자는 기체를 회수하기 위해 수동 조종으로 착륙시켜야 했다. 오후 들어 사막에 강한 모래바람이 불었지만 이상하게도 원형 자국 안쪽은 한 줌의 모래도 날리지 않고 그대로 유지되었고 그 모습을 본 한 연구원은 마치 보이지 않는 돔이 씌워져 있는 것 같다고 말했다.

셋째 날 새벽, 무전기에서 처음 듣는 기묘한 음성이 흘러나왔다. 그것은 사람의 말소리와 비슷했지만 억양과 호흡이 불규칙했고 마치 금속성 관을 울리는 듯한 울림이 섞여 있었으며 소리는 발자국이 사라진 방향에서 점점 커졌다. 캠프 안에 있던 몇몇은 귀뿐 아니라 가슴 속에서도 같은 진동을 느꼈다고 했다. 그리고 곧 기온이 급격히 내려가 주변 공기가 서리 낀 듯 차가워졌으며 장비 표면에 얇은 성에가 생겼다. 이런 상황에서도 팀장과 두 명의 연구원은 마지막 점검을 이유로 원형 자국 쪽으로 향했는데 그들이 무전기로 남긴 마지막 말은 '빛이…'라는 짧은 한 마디였다.

그 후로 세 사람은 돌아오지 않았다. 구조를 위해 나머지 팀원들이 자국 주변을 수색했지만 그들이 있던 자리에는 가지런히 놓인 측량 장비와 카메라만 남아 있었고 모래 위의 발자국은 몇 걸음 이어지다 허공에서 끊기듯 사라져 있었다. 발자국이 끝나는 부분의 모래는 마치 유리처럼 단단히 굳어 있었으며 햇빛을 받아 희미하게 반짝였다. 버려진 카메라의 메모리 카드에는 실종 직전까지의 영상이 남아 있었는데 화면에는 세 사람이 자국 중심에 서 있는 모습이 찍혀 있었고 이내 렌즈 전체가 강한 빛으로 뒤덮였으며 빛이 사라졌을 때에는 아무도 보이지 않았다. 오직 바람이 잠시 멈춘 고요와 함께 영상은 거기서 끝났다.

이 사건 이후 캠프에 남아 있던 전자 장비 대부분이 부팅 불능 상태가 되었고 데이터가 저장된 하드디스크는 전부 읽을 수 없는 상태로 변했다. 유일하게 남은 것은 수기로 작성된 현장 노트였는데 거기에는 측정값과 날씨 변화, 그리고 자국 표면에서 포착한 진동 패턴이 적혀 있었으며 마지막 장에는 서둘러 적은 듯 삐뚤어진 글씨로 '그들이 온다'라는 문장이 쓰여 있었다. 글씨체는 사라진 연구원 중 한 명의 것으로 확인되었다. 이 짧은 메시지는 팀원들에게 사건이 단순한 실종이 아님을 확신하게 만들었고, 그 이후 마을 사람들에게까지 전해져 사막 전설과 겹쳐지는 새로운 소문으로 퍼져나갔다.

사건 직후 정부가 투입되어 현장은 전면 봉쇄되었고 접근은 엄격히 금지되었다. 그러나 멀리서도 원형 자국은 여전히 보였으며 특히 달빛이 강한 날에는 표면에서 희미한 빛이 번쩍였다. 그 빛은 별빛과 달빛의 반사와는 달리 일정한 간격으로 점멸했고 간혹 자국 위에 인영처럼 서 있는 거대한 그림자가 보였는데, 바람이 불어도 흔들리지 않는 그 그림자를 사람들은 '거인의 환영'이라고 불렀다. 어떤 이는 그 그림자가 발자국의 주인일 거라 했고 어떤 이는 실종된 연구원들이 다른 차원에서 남긴 흔적일지도 모른다고 추측했다.

마르코는 그날 이후로 매일 밤 사막을 바라봤다. 그는 실종된 사람들이 여전히 그곳 어딘가에 존재한다고 믿었지만 더 이상 우리가 사는 세상에 발을 딛고 있지 않을 거라 생각했다. 때로는 원형 자국 위에 묘하게 움직이는 빛이 나타났고 그 속에서 희미하게 사람 형체 같은 것이 비쳤으며 그것들이 발자국을 따라 걷다 사라지는 모습이 보였다. 마르코는 그 장면을 볼 때마다 두려움과 기대가 뒤섞인 눈빛으로 중얼거렸다, '다시 올 거야'라고, 그리고 그 말은 사막의 차가운 바람 속으로 사라져갔지만 그 자리에 있던 사람들의 가슴 속에는 묵직한 울림으로 남았다.

2장

피라미드 속 잠든 외계 장치

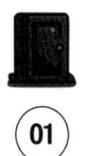

ⓛ
별빛과 일직선으로 선 꼭짓점

 사막의 모래바람은 하루에도 수없이 불어오지만 피라미드는 여전히 그 자리를 지키고 있다. 낮에는 태양빛을 받아 황금빛으로 빛나고 밤이 되면 별빛을 머리 위에 이고 선 채로 고요히 사막을 내려다본다. 그런데 탐사대가 주목한 것은 단순한 웅장함이 아니라 꼭짓점의 기묘한 정렬이었다. 특정한 계절과 시각이 되면 피라미드의 꼭짓점은 하늘의 별빛과 정확히 일직선을 이루었고, 이는 단순한 우연이라 보기 어려운 정밀함이었다. 탐사대원들은 오랜 시간 좌표를 측정하고 별자리의 움직임을 기록하며 이 정렬이 어떻게 가능한지 의문을 품기 시작했다. 그들의 눈앞에서 꼭짓점은 단순한 돌덩어리의 끝이 아니라, 하늘을 향해 뻗은 거대한 화살촉처럼 보였다.

 측정 장비를 설치한 연구원 중 한 명은 별빛이 꼭짓점에 닿는 순간 미세한 반사 현상을 포착했다. 마치 보이지 않는 유리나 금속이 그곳에 덮여 있는 듯한 반짝임이었다. 기록에는 오래전 꼭짓점이 금속으로 마감되어 있었다는 전승이 남아 있었는데, 이 사실을 떠올린 순간 탐사대는 소름을 느꼈다. 단순히 돌을 쌓아 올린 구조물이 아니라면, 그 위에 얹힌 금속은 단순한 장식이 아니라 어떤 기능을 가진 부품일지도 모른다는 생각이 들었다. 별빛과 금속, 그리고 거대한 돌 구조가 합쳐져 만들어내는 정렬은 지구와 우주를 잇는 신호의 다리처럼 느껴졌다.

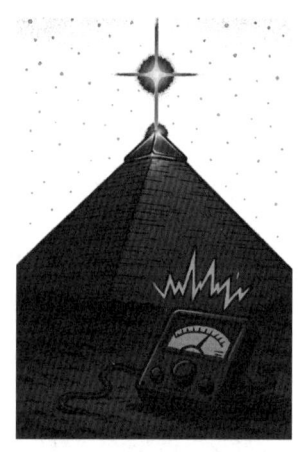

밤이 깊어질수록 꼭짓점과 별빛의 정렬은 더욱 뚜렷해졌다. 일부 대원은 전자기 센서를 사용해 측정했는데, 별빛이 닿는 순간 피라미드 주변에서 미약한 전기적 변동이 감지되었다. 마치 보이지 않는 전류가 흐르듯 계기판의 바늘이 흔들렸고, 순간적으로 정체 모를 신호음이 잡혔다. 잡음처럼 섞인 소리 속에는 규칙적인 리듬이 들어 있었고, 이는 단순한 자연 현상이라고 하기엔 지나치게 인위적이었다. 대원들은 혹시 이것이 고대인이 남긴 신호 체계일지도 모른다고 추측했다. 별빛을 매개로 작동하는 거대한 장치가 피라미드 내부 어딘가와 연결되어 있다는 생각은 점점 확신으로 바뀌었다.

시간이 흐르면서 더 놀라운 사실이 드러났다. 꼭짓점의 정렬이 특정한 별 하나에만 맞춰진 것이 아니라, 여러 별자리의 이동과 동시에 변화하는 패턴을 따르고 있었던 것이다. 즉, 고정된 좌표가 아니라 끊임없이 바뀌는 천체의 움직임과 호흡을 같이하고 있었다. 이는 단순히 천문 관측용 건축물이라는 해석을 넘어섰다. 꼭짓점은 그 자체로 거대한 계산 장치의 핵심이었고, 별빛은 일종의 입력 신호처럼 작동하는 듯했다. 탐사대는 이 정렬이 고대인들의 제사 의식과 관련 있다고 생각했지만, 한편으로는 외부 문명과의 교신 장치일 가능성도 배제할 수 없었다. 고대의 제사장은 신에게 기도했다고 기록되어 있지만, 혹시 그 신이 하늘에서 온 다른 존재들이라면 이야기는 완전히 달라진다.

이러한 의문을 강화시킨 것은 피라미드 벽면에 새겨진 무늬였다. 단순한 장식이라 여겼던 문양은 별빛이 꼭짓점을 통과할 때 특정한 부분이 어둡게 혹은 밝게 드러나며 별자리와 연결되는 형상을 보여주었다. 그것은 단순한 미학적 표현이 아니라 암호처럼 배열된 별자리 지도였다. 탐사대는 이를 분석하며 고대인들이 하늘을 단순히 경배한 것이 아니라, 실제로 하늘과 소통할 수 있는 체계를 만들어 놓았다는 사실을 깨달았다. 피라미드의 꼭짓점은 그 체계의 핵심이었고, 별빛이 그 문을 여는 열쇠였다.

탐사대는 피라미드 내부에서 더 많은 단서를 찾으려 했다. 하지만 그들이 꼭짓점 아래로 장비를 옮기려 하자 이상한 일이 일어났다. 기계의 전원이 갑자기 불안정해졌고, 일부 장비는 작동을 멈췄다. 전파 방해가 일어난 듯 통신기기에서도 잡음이 쏟아져 나왔다. 그때 대원 중 한 명이 하늘을 올려다보며 놀란 목소리를 냈다. 별빛이 꼭짓점을 따라 내려오는 듯 보였고, 그 빛줄기는 단순한 광선이 아니라 마치 에너지가 흘러내리는 것처럼 보였다. 피라미드는 그 순간 거대한 안테나이자 수신 장치로 변해 있었다.

마지막으로 대원들은 그 정렬이 단순히 우연이 아니라는 증거를 얻었다. 별빛이 꼭짓점과 이어지는 순간마다 피라미드 내부에서 낮은 진동음이 흘러나왔던 것이다. 사람의 귀로는 거의 들리지 않을 정도로 낮은 울림이었지만, 장비는 분명히 이를 감지했다. 마치 거대한 심장이 천천히 뛰는 것 같은 규칙적인 박동이었다. 그 울림은 별빛의 각도와 맞물려 피라미드 전체를 흔들듯 퍼져나갔다. 그 순간 탐사대는 깨달았다. 이곳은 단순한 무덤이 아니라, 어떤 의도를 가진 장치였다는 사실을. 그리고 그 꼭짓점은 바로 그 비밀을 여는 시작점이었다.

그날 밤 탐사대는 피라미드 꼭짓점 아래에서 멈추지 않는 빛과 울림을 기록하며 긴장 속에 밤을 지새웠다. 누구도 확신할 수는 없었지만, 그들은 똑같은 생각을 하고 있었다. 이집트의 사막 한가운데, 모래 속에 묻혀 있던 거대한 건축물은 단순히 과거를 기념하는 석조물이 아니었다. 그것은 하늘과 이어진 교차점이자, 외계 문명이 남긴 거대한 흔적이었다. 별빛과 일직선으로 선 꼭짓점은 단순한 돌의 끝이 아니라, 오늘날까지 이어지는 미스터리의 시작이었다.

02

밀실을 뚫고 나온 푸른 광선

 피라미드 내부는 수천 년 동안 어둠 속에 갇혀 있었다. 밀실이라 불리는 방은 입구조차 알 수 없어 아직도 정확한 구조가 밝혀지지 않았고, 오직 전설과 추측만이 그 자리를 대신하고 있었다. 탐사대가 수색 장비를 들고 벽을 두드리며 지도를 그려 나가던 어느 날, 기묘한 울림이 한 구역에서 감지되었다. 바위가 비어 있는 듯한 소리를 냈고, 곧 숨겨진 통로가 드러났다. 그 통로를 따라 들어가자 거대한 밀실이 나타났는데, 그곳의 공기는 한순간 얼어붙은 듯 정적에 잠겨 있었다. 아무도 숨을 크게 쉬지 못할 만큼 긴장된 분위기 속에서, 벽면의 금빛 문양이 미세하게 흔들리는 것처럼 보였다.

 탐사대는 벽면에 장비를 설치하고 사진을 찍으려 했지만, 그 순간 갑자기 눈부신 푸른 광선이 방 안을 가득 채웠다. 번개처럼 번쩍인 것이 아니라, 마치 오래 전부터 켜져 있던 전등이 천천히 불을 밝히듯 밀실 중앙에서 광선이 솟구쳐 올랐다. 그 빛은 땅바닥에서 위로 치솟으며 천장을 뚫을 듯 강렬하게 퍼져나갔다. 순간 대원들은 눈을 가렸지만, 신기하게도 그 빛은 따갑거나 뜨겁지 않았고 오히려 차가운 기운이 몸을 감쌌다. 누군가는 전자기적 현상일 거라 속삭였지만, 또 다른 이는 '이건 자연광이 아니라 설계된 장치야'라고 단언했다.

푸른 광선은 단순히 방 안을 비추는 빛이 아니었다. 빛의 속에 미세한 입자들이 섞여 움직였고, 그것은 마치 공중에 떠 있는 수많은 작은 별처럼 보였다. 그 별점들은 일정한 간격으로 배열되며 형상을 이루기 시작했다. 처음엔 무작위처럼 보였으나, 곧 별자리와 흡사한 모양이 나타났다. 오리온자리와 비슷한 패턴이 드러났고, 이어서 다른 별자리들이 순서대로 펼쳐졌다. 탐사대는 숨을 죽이고 지켜봤다. 피라미드의 밀실 속, 푸른 광선이 단순한 조명이 아니라 천체 지도 같은 역할을 하고 있다는 사실에 경악할 수밖에 없었다.

한 대원은 그 장면을 카메라에 담으려 했지만, 카메라는 작동하지 않았다. 배터리가 가득 차 있던 장비들이 동시에 꺼졌고, 손목시계마저 멈췄다. 하지만 이상하게도 탐사대원들의 눈은 더욱 선명하게 그 광선을 볼 수 있었다. 그것은 물리적 장비가 아니라 오직 인간의 감각을 자극하는 방식으로 작동하는 듯했다. 푸른 빛은 점점 강렬해지며 벽 전체에 반사되었고, 벽돌 사이에서 미세한 금속성이 드러나기 시작했다. 돌로만 이루어져 있다고 믿었던 피라미드 안쪽에서 금속성 구조물이 모습을 드러내자, 모두의 머릿속에는 같은 의문이 떠올랐다.

"이건 무덤이 아니라 기계일지도 모른다."

시간이 지나면서 푸른 광선은 단순한 별자리만 보여주는 것이 아니라, 이해할 수 없는 문양과 기호들을 허공에 띄우기 시작했다. 그것은 알 수 없는 언어처럼 이어졌고, 어떤 순간에는 숫자처럼 보이기도 했다. 마치 누군가가 메시지를 남겨둔 듯한 모습이었다. 탐사대 중 언어학자가 황급히 스케치를 시작했지만, 문양은 일정한 간격마다 바뀌어 순식간에 사라졌다. 사람들은 그것이 단순한 빛의 착시가 아니라 의도된 신호임을 직감했다. 고대인들이 남긴 것일까, 아니면 더 먼 곳에서 온 존재가 새겨 놓은 것일까, 그 순간 모든 추측이 현실처럼 다가왔다.

그러나 푸른 광선은 오래 지속되지 않았다. 갑자기 방 안의 온도가 떨어지고, 빛이 강렬해진 후에는 서서히 사라졌다. 마지막으로 남은 것은 바닥에 새겨진 타원형 흔적이었다. 그 흔적은 마치 거대한 발자국처럼 보였고, 중앙에는 금속 조각이 반짝였다. 대원들은 조심스럽게 그것을 들어 올렸지만, 그 순간 방 안에 낮고 무거운 진동음이 퍼져나왔다. 누군가는 '이건 경고일지도 모른다'고 중얼거렸지만, 이미 늦었다. 금속 조각은 미지의 합금으로 만들어져 있었고, 그 속에는 아직 풀 수 없는 암호가 새겨져 있었다.

그날의 경험은 탐사대에게 지워지지 않는 흔적을 남겼다. 어떤 이들은 광선이 단순한 자연적 발광 현상일 수 없다고 주장했고, 또 다른 이들은 그것이 외계와의 통신 신호라고 단언했다. 하지만 공통적으로 남은 사실은 분명했다. 밀실 속에서 솟구친 푸른 광선은 인간이 만든 것이 아니었고, 그것은 여전히 그곳에서 다시 켜질 기회를 기다리고 있을지 모른다는 것이다. 사막의 밤하늘 아래, 피라미드는 오늘도 고요히 서 있지만, 그 깊은 곳에는 여전히 설명할 수 없는 푸른 빛의 비밀이 잠들어 있다.

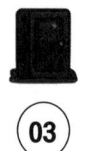

⑬
탐사대가 남긴 금속판

사막의 모래를 뚫고 피라미드 안으로 들어간 탐사대는 푸른 광선을 목격한 뒤부터 심리적으로 크게 흔들려 있었다. 그들은 단순히 고대 유적을 조사하러 왔는데 눈앞에서 설명할 수 없는 현상이 벌어진 것이다. 장비는 멈추고 시계는 서 있었으며, 눈앞에 펼쳐진 빛은 천체 지도와도 같은 패턴을 보여주었다. 모두가 혼란스러운 상황에서 광선이 사라진 자리에 작은 금속판이 남아 있었다. 그것은 손바닥보다 약간 큰 크기로 매끈하게 빛났고, 표면에는 현대 기술로도 보기 어려운 정밀한 문양이 새겨져 있었다. 탐사대는 조심스럽게 금속판을 회수했고, 이것이 이번 탐사의 가장 큰 단서가 될 거라고 믿었다.

금속판은 무게가 상상을 초월할 만큼 가벼웠다. 철이나 구리와는 전혀 다른 성질이었고, 표면을 아무리 긁어도 흠집조차 나지 않았다. 한 대원이 망치로 두드려봤지만 소리는 금속이라기보다는 유리와 비슷하게 맑게 울렸다. 더 이상한 점은 손에 오래 쥐고 있으면 미세한 진동이 전해져 오는 것이었다. 마치 안쪽에서 작은 심장이 뛰는 듯한 리듬감이 손바닥으로 전해졌다. 탐사대는 이 현상을 기록했지만 누구도 설명하지 못했다. 단순한 광물일 수는 없었고, 그것은 분명히 의도된 구조를 가진 인공물이라는 결론만 남았다.

탐사대는 금속판을 기지로 옮겨 정밀 조사를 시도했다. 스캐너를 통과시키자 내부에는 아무것도 없는 듯 비어 있었지만, 전파를 쏘아 올리면 특이한 반응이 돌아왔다. 특정 주파수에서 금속판이 스스로 반짝이며 미세한 빛을 발산한 것이다. 그 순간 모니터에는 정체 모를 패턴이 잡혔고, 이는 무작위가 아니라 반복되는 신호였다. 대원 중 한 명은 '이건 언어일지도 모른다'고 말했다. 마치 누군가가 기호를 빛으로 새겨 넣어 신호를 보내고 있는 듯했다. 흥분한 대원들은 이 신호를 해독하려 애썼지만, 판독할 수 없는 문자와 도형의 나열만 남았다.

금속판에는 탐사대의 혼란을 더욱 키우는 현상도 있었다. 그것을 특정 각도로 비추면 표면에서 희미하게 영상 같은 것이 떠오르기 시작한 것이다. 홀로그램처럼 흐릿했지만, 뚜렷하게 보이는 형상은 거대한 건축물과 하늘에서 내려오는 빛줄기였다. 화면

속 구조물은 피라미드와 닮아 있었고, 하늘의 별빛과 직선으로 연결되는 장면이 나타났다. 이는 탐사대가 방금 전 목격한 현상과 완전히 일치했다. 이 장면은 마치 누군가가 후대에 남긴 기록처럼 보였고, 금속판이 단순한 물건이 아니라 하나의 기록 장치라는 가설이 힘을 얻었다.

하지만 금속판의 발견 이후 이상한 일이 벌어졌다. 탐사대원 일부가 원인 모를 두통과 환청을 겪기 시작한 것이다. 그들은 밤마다 귀에 익지 않은 목소리를 들었다고 증언했고, 그 목소리는 '돌려놓아라' 혹은 '길을 열어라' 같은 짧은 단어로 이루어져 있었다. 어떤 이는 금속판을 만진 순간 과거의 기억처럼 생생한 장면이 머릿속에 흘러들었다고 말했다. 고대의 의식, 낯선 언어, 그리고 별빛이 피라미드 꼭짓점으로 모이는 장면이 눈앞에 펼쳐졌다고 했다. 그러나 이 기억은 누구도 공유할 수 없었고, 오직 금속판을 접촉한 이들만 경험했다는 점에서 탐사대는 점점 불안해졌다.

금속판은 탐사대의 운명을 갈라놓는 기점이 되었다. 일부는 이 발견을 세상에 공개해야 한다고 주장했지만, 또 다른 일부는 위험하니 봉인해야 한다고 주장했다. 논쟁은 점점 격해졌고, 탐사대 내부에는 불신과 두려움이 커져갔다. 그러던 어느 날, 대원 한 명이 금속판과 함께 흔적도 없이 사라졌다. 텐트에는 그의 옷과 장비만 남아 있었고, 금속판도 함께 사라진 상태였다. 남은 이들은 충격에 빠졌고, 탐사는 급히 중단되었다. 그날 이후 금속판은 다시는 발견되지 않았다.

뒤에 남은 기록에는 단 한 가지 진실만 적혀 있었다. 푸른 광선이 사라진 자리에서 나온 금속판은 인간이 만든 것이 아니며, 그 안에는 지금의 과학으로도 설명할 수 없는 정보가 담겨 있다는 것. 탐사대의 마지막 보고서는 '금속판은 열쇠일지도 모른다, 그러나 무엇을 여는 열쇠인지는 알 수 없다'라는 문장으로 끝맺어졌다. 사막 속 피라미드는 여전히 고요히 서 있고, 별빛은 여전히 꼭짓점과 이어져 있지만, 그 안에 잠든 장치는 침묵을 지키고 있다. 그리고 어딘가에 있을 금속판은 지금도 또 다른 신호를 기다리고 있을지도 모른다.

04
고대 벽화 속 하늘의 존재들

피라미드 내부 깊숙한 곳에서 발견된 밀실의 벽은 단순히 돌을 쌓아올린 회색 공간이 아니었다. 바닥에는 사막의 모래가 희미하게 깔려 있었고, 그 위에 남겨진 발자국은 이미 오래전 누군가가 이곳을 드나든 흔적처럼 보였다. 탐사대의 손전등 불빛이 벽면을 스칠 때마다, 어둠 속에 감춰져 있던 그림들이 서서히 드러났다. 단순한 문양이나 장식이 아니라, 사람의 형상과 함께 하늘에서 내려오는 빛줄기가 뚜렷하게 새겨져 있었다. 마치 오래전 이곳에서 실제로 본 광경을 기록해둔 듯한 느낌이었다. 모두는 숨을 죽이고 그림을 살폈다. 이 그림들은 누군가의 상상이 아니라, 고대인들이 직접 목격한 장면 같았다.

벽화의 중심에는 눈에 띄는 인물이 있었다. 그는 다른 사람들보다 훨씬 크게 묘사되었고, 머리 위에는 원형의 빛나는 관 같은 것이 그려져 있었다. 옆에는 작은 인간들이 두 손을 들고 경배하는 모습이 있었다. 흥미로운 점은 이 존재의 손에서 길게 뻗은 빛줄기가 땅으로 내려오고 있었고, 그 빛이 닿은 자리마다 별 모양의 문양이 새겨져 있었다는 것이다. 탐사대원들은 그것이 단순한 상징이 아니라, 어떤 실제 사건을 묘사한 것일 수 있다고 추측했다. 과연 고대 이집트인들은 하늘에서 온 존재들을 신으로 숭배했을까, 아니면 정말로 다른 세계에서 온 누군가를 만났던 걸까.

벽화의 다른 부분에는 커다란 배처럼 보이는 구조물이 하늘을 가로지르는 장면이 있었다. 배에는 창문 같은 구멍들이 있었고, 그 속에서 얼굴을 내민 존재들이 아래를 내려다보고 있었

다. 현대인의 눈으로 보면 마치 비행체나 우주선 같았고, 대원들은 서로를 바라보며 놀라움에 말을 잇지 못했다. 고대인들이 당시 실제로 하늘을 나는 물체를 본 것인지, 아니면 상상 속 신화를 그린 것인지는 알 수 없지만, 그 표현은 지나치게 구체적이었다. 배의 앞부분에서 나오는 불꽃과 구름 같은 형상이 세밀하게 새겨져 있었고, 이는 단순한 예술적 상징으로 보기엔 너무 생생했다.

탐사대원 중 한 명은 손전등 빛을 벽의 한 모서리에 비추다가 희미한 글자를 발견했다. 기묘한 상형문자가 줄지어 있었는데, 다른 상형문자와는 달리 곡선과 직선이 섞여 기계적인 느낌을 주었다. 해석을 시도했지만 기존에 알려진 상형문자와 일치하지 않았고, 일부는 현대의 기호 체계와도 유사하지 않았다. 하지만 그 글자들 옆에는 별자리를 형상화한 듯한 점들의 배열이 있었고, 그 점들은 지금도 하늘에서 볼 수 있는 특정 별자리와 정확히 일치했다. 마치 벽화는 하늘의 지도를 담고 있고, 그 곁의 문자는 그 지도를 읽는 방법을 알려주는 설명 같았다.

벽화를 계속 살펴보던 탐사대는 기묘한 장면 하나를 발견했다. 사람과 닮았지만 머리 모양이 길게 늘어난 존재들이 무언가를 들고 서 있었는데, 그들이 들고 있는 것은 원통형의 장치였다. 그 장치는 광선을 쏘아내는 듯 표현되었고, 그 빛은 사람들의 몸

위로 떨어졌다. 사람들은 눈을 감은 채 무릎을 꿇고 있었는데, 빛을 받는 모습은 축복 같으면서도 동시에 실험을 당하는 듯한 느낌을 주었다. 이 장면은 탐사대에게 큰 충격을 주었고, 혹시 고대인들이 하늘에서 온 존재들에게 지식이나 기술을 전수받은 것이 아닐까 하는 상상을 불러일으켰다.

시간이 지나면서 벽화는 더 많은 비밀을 드러냈다. 어떤 부분에는 거대한 눈동자 같은 형상이 하늘에서 내려다보고 있었고, 주변에는 원형으로 배열된 기호들이 빽빽하게 새겨져 있었다. 그것은 단순한 종교적 상징이라기보다는, 감시나 기록의 의미처럼 보였다. 또한 벽화의 일부는 특정한 각도에서 빛을 비추어야만 드러났는데, 마치 벽 자체가 숨겨진 메시지를 품고 있는 듯했다. 탐사대원들은 이런 장면들을 보며 피라미드가 단순한 무덤이 아니라, 고대인들이 하늘의 존재들과 교류했던 흔적을 기록해둔 거대한 도서관일지도 모른다고 생각했다.

탐사대는 벽화를 하나하나 사진으로 남기려 했지만, 이상하게도 카메라에는 그림이 제대로 찍히지 않았다. 노이즈가 심하게 끼거나 화면이 검게 변해 버렸고, 일부는 빛의 줄무늬만 남았다. 마치 벽화 자체가 현대 기술로 기록되는 것을 거부하는 듯했다. 남은 것은 탐사대원들이 직접 눈으로 본 생생한 기억뿐이었다. 그날 이후 그들은 밤마다 벽화 속 장면이 꿈에 나타난다고 말했다. 하늘에서 내려오는 빛, 경배하는 사람들, 머리 위에 빛나는 관을 쓴 존재들…. 그 이미지들은 사라지지 않고 머릿속에 깊이 새겨졌다. 그리고 모두는 알았다. 고대 벽화 속 하늘의 존재들은 단순한 신화가 아니라, 지금도 풀리지 않은 미스터리의 열쇠라는 것을.

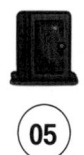

05

황혼마다 켜지는 발광 장치

 사막의 태양이 서쪽으로 기울어 붉은 빛을 퍼뜨릴 때, 피라미드 안쪽 깊은 통로에서는 이해할 수 없는 현상이 일어났다. 낮 동안 아무런 반응도 보이지 않던 벽면이 황혼이 시작되면 어김없이 미세한 빛을 발하기 시작한 것이다. 처음에는 마치 돌에 반사된 햇빛처럼 보였지만, 시간이 흐를수록 그 빛은 단순한 반사가 아니라 내부에서 스스로 뿜어져 나오는 발광임이 분명해졌다. 탐사대원들은 놀라움 속에서 매일 같은 시간, 같은 위치에서 반복적으로 빛이 켜진다는 사실을 확인했다. 그 장치는 사람의 손길도 닿지 않았고, 전기 배선 같은 것도 없었다. 하지만 황혼이 찾아오면 꼭 약속이라도 한 듯 빛을 발산하며 피라미드 내부를 푸른색과 금빛으로 물들였다.

 탐사대는 발광의 원리를 밝히기 위해 여러 장비를 설치했다.

열 감지 장비는 벽이 실제로 뜨거워지지 않았음을 보여줬고, 방사능 측정기는 특이한 반응을 보이지 않았다. 그런데 전자기파 탐지기는 황혼이 시작될 때마다 미묘한 변동을 감지했다. 특히 태양이 지평선에 걸리는 순간, 장치의 수치는 급격히 요동쳤고 곧 안정된 패턴을 이루었다. 그 패턴은 단순한 진동이 아니라 규칙적인 주파수에 가까웠다. 대원들은 이 발광 장치가 단순한 불빛이 아니라 신호를 보내는 장치일지도 모른다고 추측했다. 빛은 인간의 눈을 위한 장치였을 뿐, 그 속에 숨어 있는 신호는 더 먼 곳을 향해 발사되는 것일 수도 있었다.

특히 흥미로운 점은 발광이 단순한 조명이 아니라는 점이었다. 벽면에서 발해지는 빛은 처음에는 한 점에서 시작해 점점 넓게 퍼졌는데, 그 안에는 희미한 도형들이 함께 나타났다. 원과 삼각형, 별 모양이 이어지며 마치 고대 암호처럼 배열되었다. 그것은 그냥 무늬가 아니라 어떤 규칙을 가진 기호였고, 매일 황혼이 올 때마다 다른 순서로 나타났다. 탐사대는 이 기호들을 빠르게 기록하며, 그것이 언어인지 지도인지 논쟁을 벌였다. 일부는 별자리의 좌표일 거라 주장했고, 다른 이는 외계 문명의 코드일지도 모른다고 말했다. 분명한 건 이 발광 장치가 단순히 어둠을 밝히기 위한 용도가 아니었다는 사실이었다.

탐사대 중 한 명은 발광 장치가 켜질 때 벽에 귀를 대고 있었다. 그 순간 그는 낮고 울리는 금속성 진동음을 들었다고 말했다. 다른 이들도 귀 기울이자 실제로 피라미드 전체가 마치 거대한 공명통처럼 울리는 듯한 소리가 퍼지고 있었다. 그것은 자연스러운 메아리와 달랐고, 일정한 간격으로 이어지는 박동 같았다. 그 진동은 몸속까지 스며들어 뼛속을 흔드는 느낌을 주었다. 마치 빛과 소리가 동시에 작동하여 하나의 장치처럼 기능하는 듯했다. 그들은 두려움과 호기심 속에 '이건 단순한 건축물이 아니라 살아 있는 기계 같다'는 말을 반복했다.

며칠간의 관찰 끝에 탐사대는 발광 장치가 태양의 위치와 밀접하게 관련되어 있음을 알아냈다. 태양이 지평선에 걸리는 순간 피라미드 꼭짓점이 마지막 햇빛을 받아 반사하고, 그 에너지가 내부로 전달되면서 발광이 시작되는 듯했다. 즉, 피라미드 전체가 거대한 태양 에너지 수집 장치처럼 작동하고 있었던 것이다. 하지만 그것이 단순히 에너지를 모으기 위한 장치였다면 왜 황혼에만 작동했을까. 이 의문은 모두를 혼란스럽게 만들었다. 황혼은 낮과 밤의 경계이고, 빛과 어둠이 만나는 순간이다. 혹시 그 시간에만 열리는 통로가 있었던 건 아닐까 하는 상상이 머릿속을 스쳤다.

탐사대원들은 결국 발광 장치가 단순한 장치가 아니라, '누군가와 약속된 시간'을 위한 장치일지도 모른다고 결론 내렸다. 매일 황혼이 되면 켜지는 빛은 하늘 어딘가에 있는 수신자에게 신호를 보내는 역할을 했고, 이는 고대 이집트인들이 만든 것이 아니라 훨씬 앞선 문명에서 남겨둔 흔적일 수도 있었다. 실제로 몇

몇 연구자는 발광 패턴이 특정한 외계 전파 신호와 유사하다는 점을 지적했다. 그 사실이 맞다면, 피라미드는 인류의 무덤이 아니라 외계와 지구를 잇는 중계기였을 것이다.

탐사대가 마지막으로 목격한 날, 발광 장치는 평소보다 훨씬 강하게 빛을 냈다. 그 빛은 방 전체를 휩쓸며 대원들의 그림자를 사라지게 만들었다. 동시에 진동음이 더욱 커지며 마치 무언가 다가오고 있는 듯한 압박감을 주었다. 그 순간 누군가가 '응답이 돌아온 거야'라고 속삭였지만, 아무도 확인할 수는 없었다. 빛은 곧 사라지고, 방 안은 다시 어둠으로 잠겼다. 남은 것은 대원들의 가슴 속에 깊이 새겨진 충격뿐이었다. 황혼마다 켜지는 발광 장치는 여전히 그곳에 존재하고, 누군가는 오늘도 그 신호를 지켜보고 있을지도 모른다.

06
내부에 울린 금속 공명음

 피라미드 깊은 통로는 늘 적막했다. 모래와 먼지가 오랜 세월을 쌓아올려, 그 안을 걷는 순간 발자국조차 울림 없이 사라지는 듯 고요했다. 하지만 어느 날, 탐사대가 황혼 무렵 다시 내부에 들어섰을 때 이전과는 전혀 다른 일이 벌어졌다. 발광 장치가 켜지며 벽면에 푸른 빛이 스며들자, 동시에 낮고 무거운 울림이 천천히 번져 나왔다. 그것은 처음에는 귀로 들을 수 없을 정도로 미약했지만, 점점 몸속 깊은 곳을 흔드는 파동으로 커졌다. 탐사대원들은 서로를 바라보며, 지금 피라미드 자체가 거대한 악기처럼 공명하고 있다는 사실을 깨닫게 되었다.

 이 금속성 공명음은 단순히 돌 벽에 부딪힌 메아리가 아니었다. 벽을 손으로 짚어본 대원은 그 안에서 미세한 진동이 퍼져 나오는 것을 분명히 느꼈다. 마치 보이지 않는 심장이 피라미드 내부 깊숙이 뛰고 있는 것 같았다. 그 울림은 일정한 간격으로 반복되었고, 음의 높낮이가 미묘하게 달라지며 규칙적인 패턴을 만들어냈다. 몇몇 대원은 그것이 단순한 진동이 아니라 일종의 코드일지도 모른다고 추측했다. 마치 누군가가 메시지를 음악처럼 주파수에 담아 보낸 것처럼, 공명음은 무작위가 아니라 계산된 신호였다.

탐사대는 장비를 설치해 공명음을 기록했다. 소리를 분석하자 흥미로운 사실이 드러났다. 주파수가 지구의 자연 진동과는 전혀 다르게 일정한 수치로 반복되고 있었던 것이다. 더 놀라운 점은 특정 간격마다 고대 상형문자의 수와 정확히 일치하는 패턴이 나타났다는 사실이었다. 그것은 우연이라기보다는 의도적인 연결처럼 보였다. 고대인들이 벽화에 남겨둔 문양은 단순한 장식이 아니라, 이 공명음을 해석하기 위한 열쇠일지도 모른다는 생각이 들었다. 대원들은 숨을 죽이며 이 음향을 계속 지켜보았다.

그러던 중 대원 한 명이 귀를 막으며 비명을 질렀다. 그는 갑자기 머릿속에 알 수 없는 그림이 떠오른다고 말했다. 눈앞에 보이지 않는 빛의 무리, 하늘에서 내려오는 거대한 그림자, 그리고 별빛을 따라 움직이는 금속 구조물이 머릿속에 생생하게 재생되었다는 것이다. 다른 이들은 아무것도 보지 못했지만, 그 역시 공명음과 연결된 환영을 체험하고 있었다. 금속성 울림이 단순히 귀로 들리는 소리뿐만 아니라 인간의 뇌와 직결되어 이미지를 전달하고 있다는 가능성이 제기되었다. 그 순간 피라미드는 더 이상 단순한 건축물이 아니라, 의식을 자극하는 장치라는 생각이 퍼졌다.

공명음은 시간이 지날수록 강해졌다. 바닥에 놓인 금속판이 미세하게 떨렸고, 손전등 빛마저 흔들렸다. 마치 공간 전체가 거대한 진동 속에 삼켜진 듯했다. 이 소리는 두려움을 주었지만 동시에 어떤 이들에게는 신비로운 안정감을 안겨주기도 했다. 몇몇 대원은 그 공명음을 따라 무의식적으로 입술을 움직였는데, 그들이 내뱉은 소리는 상형문자 발음과 유사하게 들렸다. 마치 공명음이 인간에게 직접 언어를 새겨 넣는 듯한 광경이었다. 탐사대는 점점 이 현상을 일종의 전송 신호로 인식하기 시작했다.

하지만 문제는 그 울림이 멈추지 않았다는 것이다. 시간이 지나도 공명음은 계속 이어졌고, 오히려 진동은 점점 깊은 곳에서 더 강하게 울려 퍼졌다. 피라미드의 벽과 천장은 미세하게 흔들리기 시작했고, 천장에서 모래와 작은 돌조각이 떨어졌다. 누군가는 피라미드가 무너지는 게 아니냐며 두려워했지만, 곧 깨달았다. 그것은 붕괴의 전조가 아니라 의도된 작동이었다. 건물 전체가 공명 장치의 일부로 움직이고 있었던 것이다. 그때 탐사대의 장비는 신호의 원점이 꼭짓점이 아니라 내부 깊은 봉인된 공간에 있다는 사실을 가리켰다.

 탐사대는 공명음을 따라 통로 끝으로 향했다. 하지만 문은 단단히 닫혀 있었고, 열쇠도 없었다. 그럼에도 불구하고 문 너머에서는 여전히 낮은 진동이 이어지고 있었다. 그 울림은 마치 누군가가 안에서 응답을 기다리며 두드리는 것 같았다. 결국 대원들은 문을 열 수 없었고, 공명음은 서서히 사라졌다. 남은 것은 가슴 속에 울리는 메아리뿐이었다. 그날 이후 탐사대는 모두 같은 생각을 나눴다. 피라미드 내부에서 들린 금속 공명음은 단순한 소리가 아니라 외계 문명과의 연결을 알리는 신호였다는 것. 그리고 언젠가 그 문이 다시 열리면, 진짜 대답이 돌아올지도 모른다는 예감이었다.

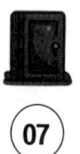

⑦
외계 문자의 홀로그램

피라미드 내부에서 울리던 금속성 공명음이 잦아들 무렵, 탐사대는 믿을 수 없는 장면을 목격하게 되었다. 밀실의 한가운데 놓여 있던 금속판이 미세하게 떨리더니 그 위에서 희미한 빛줄기가 솟아오르기 시작한 것이다. 처음에는 단순한 푸른 빛의 잔광처럼 보였지만, 곧 공중에 기묘한 기호들이 하나둘 떠올라 형상을 이루었다. 허공에 생겨난 이 빛의 문양은 사람의 손길도 없이 공중에서 움직이며 마치 살아 있는 듯이 춤을 추고 있었다. 대원들은 숨을 죽이고 지켜보았고, 누군가는 떨리는 목소리로 '홀로그램이다'라고 중얼거렸다. 그러나 그것은 우리가 아는 단순한 입체 영상이 아니었다.

홀로그램 속 문자는 익숙한 알파벳이나 상형문자가 아니었다. 둥글게 꼬인 곡선, 뾰족하게 뻗은 직선, 그리고 일정한 간격으로 배열된 점과 선들이 섞여 있었다. 처음엔 아무 의미도 없는 낙서처럼 보였지만, 곧 반복되는 패턴이 눈에 들어오기 시작했다. 어떤 문양은 별자리와 흡사한 배열을 하고 있었고, 어떤 기호는 수학적 비율을 떠올리게 했다. 탐사대는 그것이 단순한 장식이 아니라 체계적인 언어일지도 모른다고 추측했다. 특히 공명음이 울릴 때마다 홀로그램의 문자가 바뀌는 현상은 마치 소리와 문자가 서로 연결되어 있는 듯 보였다. 소리가 일종의 키 역할을 하고, 그것이 빛의 문자로 번역되어 허공에 투사되는 것 같았다.

탐사대의 언어학자는 급히 메모를 시작했다. 그는 홀로그램의 기호가 일정한 규칙을 따라 움직이고 있음을 눈치챘다. 반복적으로 나타나는 기호가 문장의 구두점처럼 보였고, 특정한 문양이 문장의 시작과 끝을 표시하는 것 같았다. 그러나 그 언어는 인간이 이해하기에는 너무나 낯설고 복잡했다. 그는 흥분한 나머지 '이건 단순한 기록이 아니라 메시지일 수 있다'고 말했다. 메시지가 누구를 향한 것인지, 혹은 누구를 위한 것인지는 알 수 없었지만 분명한 건 그 문자가 살아 움직이며 누군가의 의도를 전달하고 있다는 점이었다.

홀로그램은 시간이 지날수록 더 정교해졌다. 처음에는 단순한 문양이었으나 점점 기호들이 서로 연결되며 입체적인 구조를 이루기 시작했다. 마치 도형으로 된 지도처럼 보이는 순간도 있었고, 때로는 거대한 건축물의 설계도 같은 형상이 나타났다. 탐사대는 눈앞에 펼쳐진 장면이 단순한 언어 이상의 것임을 깨달았다. 문자와 도형, 지도와 기호가 모두 섞여 있었고, 그것은 복합적인 지식 체계였다. 마치 외계 문명이 자신들의 과학과 문화를 한꺼번에 압축해 기록해둔 데이터베이스 같았다. 그 순간 대원들은 자신들이 인류의 역사에서 처음으로 외계 언어와 마주하고 있다는 사실에 전율했다.

그러나 이 현상은 오래가지 않았다. 홀로그램은 갑자기 강한 빛을 내뿜더니 일부 문양이 흩어져 사라졌다. 대신 허공에는 오직 하나의 기호만이 남았다. 그것은 원 안에 세 개의 선이 교차하는 모양이었는데, 보는 순간 묘하게 익숙한 느낌이 들었다. 탐사대원들은 이 기호가 무엇을 뜻하는지 알 수 없었지만, 그 심플한 형태 안에 강렬한 의미가 숨어 있다는 걸 직감했다. 누군가는 그것이 '열쇠'를 상징하는 것 같다고 말했고, 또 다른 이는 '좌표'일 수 있다고 추측했다. 분명한 건 홀로그램이 그 단 하나의 기호를 강조하며 사라졌다는 사실이었다.

홀로그램이 꺼진 뒤에도 탐사대의 마음은 진정되지 않았다. 대원 중 몇 명은 홀로그램이 사라진 직후 머릿속에서 기묘한 이미지가 떠올랐다고 고백했다. 끝없이 펼쳐진 우주의 어둠, 그리고 그 어둠 속에서 빛나는 수많은 점들이 한 방향으로 모여드는 장면이었다. 그 이미지는 너무나 선명해 단순한 상상이 아니라 홀로그램이 남긴 잔상 같았다. 금속판에서 투사된 문자는 단순히 눈으로만 보는 게 아니라 인간의 의식 속에 직접 각인되는 방식으로 작동한 듯했다. 그것은 단순한 언어가 아니라, 메시지를 '경험하게 만드는 장치'였다.

그날 이후 탐사대는 자신들이 본 홀로그램을 기록하려 애썼다. 그러나 카메라와 영상 장비에는 아무것도 남지 않았다. 남은 건 대원들의 기억뿐이었고, 그 기억은 시간이 갈수록 점점 더 선명해졌다. 홀로그램의 문자는 지워지지 않는 듯 머릿속에 새겨졌고, 마치 언젠가 해독될 날을 기다리는 듯했다. 피라미드 속에서 나타난 외계 문자의 홀로그램은 단순한 환영이 아니었다. 그것은 인간에게 던져진 질문이자, 동시에 초대장이었다. 그리고 탐사대는 알 수 있었다. 이 메시지는 지금 여기서 끝난 게 아니라, 앞으로 더 큰 진실을 드러낼 서막이라는 것을.

08
봉인된 방의 미지의 기계

피라미드 내부를 따라가다 보면 끝내 막다른 벽에 다다르게 된다. 하지만 탐사대는 벽 뒤에 또 다른 공간이 있다는 것을 알아냈다. 공명음을 따라 장비를 설치한 결과, 내부에서 메아리처럼 울려 나오는 진동이 벽의 두께와 어긋난다는 사실이 드러난 것이다. 쉽게 말해 벽 너머에는 비어 있는 공간이 존재하고 있었고, 그것이 오랫동안 봉인된 방이라는 추측이 강하게 제기되었다. 탐사대원들은 긴장된 눈빛으로 서로를 바라보며, 이 벽을 넘어가면 인류가 아직 보지 못한 미지의 영역과 마주하게 될 거라는 기대와 두려움을 동시에 느꼈다.

결국 특수 장비를 이용해 벽 일부를 뚫자, 차갑고 묵직한 바람이 틈새에서 새어 나왔다. 마치 수천 년 동안 닫혀 있던 문이 한순간에 열린 듯한 느낌이었다. 손전등 불빛을 비춘 순간 드러난 것은 어둠 속에 고요히 자리한 기묘한 기계였다. 그것은 거대한 상자처럼 보였지만 표면은 돌이나 나무가 아닌 금속성 광택으로 덮여 있었다. 더 놀라운 것은 그 표면에 새겨진 무늬가 이전에 홀로그램에서 나타났던 외계 문자의 일부와 동일하다는 사실이었다. 탐사대원들은 숨을 죽이고 다가가면서 이 장치가 단순한 장식이 아니라 의도적으로 남겨진 기계라는 사실을 직감했다.

그 기계는 인간의 눈으로 보기엔 기묘하게 낯설었다. 길고 세로로 뻗은 기둥이 서로 얽혀 있었고, 중심에는 둥근 원반 같은 구조가 자리하고 있었다. 원반은 가만히 있어도 희미한 빛을 발했으며, 가까이 다가가면 미세한 진동이 피부를 통해 전해졌다.

마치 아직도 작동 중인 듯한 기계의 심장 박동이었다. 대원들 중 한 명은 용기를 내어 손을 살짝 대보았는데, 순간 따뜻한 열감과 함께 눈앞이 번쩍이며 환영 같은 이미지가 스쳐갔다고 말했다. 그는 별빛으로 가득한 하늘과, 그 속에서 떠다니는 거대한 구조물을 본 듯했다. 기계는 분명 단순한 유물이 아니라 무언가를 전송하거나 저장하는 장치였다.

탐사대는 기계의 기능을 파악하려 애썼다. 일부는 이 장치가 에너지를 축적하는 발전기일 수 있다고 했고, 다른 이는 별과 교신하기 위한 송신기일 수 있다고 주장했다. 표면의 문양은 단순한 장식이 아니라, 회로처럼 이어져 있었고, 특정한 각도로 빛을 비추면 그 문양은 더욱 선명하게 빛나며 흐름을 드러냈다. 그것은 마치 현대의 전자 회로와 흡사했지만, 그 복잡성은 인간이 이해하기 어려울 정도였다. 과연 이 장치는 고대인들이 스스로 만든 것일까, 아니면 다른 존재가 남겨놓은 것일까 하는 질문이 대원들의 머릿속을 가득 채웠다.

시간이 지나면서 기계는 스스로 반응을 보였다. 황혼이 다가오자 둥근 원반에서 은은한 빛이 퍼져 나왔고, 동시에 공명음과 유사한 낮은 진동이 방 전체를 감쌌다. 그것은 이전에 피라미드 내부에서 경험한 현상들과 연결되어 있었고, 지금까지의 모든 단서가 이 방 안의 기계로 수렴하고 있다는 사실을 보여주었다. 탐사대는 기계가 스스로 작동을 시작하는 것을 목격하며, 혹시 그 장치가 아직도 '대기 모드'로 남아 있는 것은 아닐까 하는 두려움에 휩싸였다. 마치 어떤 신호만 기다리고 있다가 다시 본격적으로 작동할 준비를 하고 있는 듯 보였다.

그 순간 방 안은 강렬한 빛으로 뒤덮였다. 탐사대원들은 눈을 감았지만 빛은 눈꺼풀을 뚫고 들어와 머릿속에 직접 새겨지는 듯했다. 그리고 잠시 후, 허공에 홀로그램이 떠올라 다시 한 번 알 수 없는 외계 문자가 흘러나왔다. 이번에는 이전보다 훨씬 명확하고 체계적인 구조였고, 탐사대의 기록 장비는 여전히 아무것도 잡지 못했다. 홀로그램은 단 몇 분간 유지되다가 기계의 빛과 함께 사라졌고, 남은 것은 심장이 멈춘 듯한 고요뿐이었다. 대원들은 그 순간을 두고두고 떠올리며, 자신들이 인류의 역사에서 가장 중요한 장면을 목격했다는 확신을 가졌다.

그러나 그 기계를 끝내 해석하지는 못했다. 탐사대는 안전상의 이유로 현장을 봉인하고 철수했으며, 보고서에는 단 한 줄만 남겼다.

"피라미드 속 봉인된 방에서 발견한 기계는 아직도 작동하고 있으며, 그것은 인간의 기술로 설명할 수 없다."

그 이후로 방은 다시 닫혔고, 기계는 여전히 어둠 속에서 잠들어 있다. 그러나 누구도 부정할 수 없었다. 피라미드의 심장부에는 외계의 흔적이 남아 있었고, 그것은 언젠가 다시 깨어나 인류에게 잊지 못할 진실을 드러낼 것이라는 사실을.

3장

히말라야 절벽 공중 사원

구름 위에서 반짝인 금빛 지붕

히말라야 고원의 칠흑 같은 새벽 하늘은 별빛으로 가득 차 있었고 사람들은 숨을 몰아쉬며 가파른 절벽을 오르다가 문득 발밑을 내려다보고 아찔한 심연을 느끼곤 했다. 그때 구름이 걷히자 수평선 위로 둥근 달빛을 받은 금빛 지붕이 번뜩이며 마치 하늘에서 내려온 듯 신비롭게 떠올라 사람들의 시선을 붙잡았고 누구도 그것이 현실인지 환상인지 단언하기 어려웠다. 이곳은 지도에도 표시되지 않은 절벽 공중 사원으로 불렸고 몇 세대에 걸쳐 전해 내려오는 이야기는 이 지붕을 본 자들이 길을 잃거나 혹은 세상과 단절된 채 다시 돌아오지 못했다는 불길한 기록으로 이어졌다. 하지만 그 불길함조차 이 황홀한 풍경 앞에서는 힘을 잃었고 탐험가와 순례자들은 오히려 이 비밀스러운 공간을 찾아 헤매며 산소 부족으로 흐려진 의식을 다잡으며 한 발한 발 다가갔다.

사원의 금빛 지붕은 낮이 되면 강렬한 태양빛을 받아 눈부시게 빛났고 멀리서 바라보는 이들은 그것이 마치 태양 자체가 땅에 내려앉은 듯한 착각에 빠지곤 했다. 특히 장엄한 설산 능선을 따라 오르는 동안 번쩍이며 나타났다 사라지는 지붕의 빛은 여행자들의 피로를 잊게 하고 오히려 심장을 뛰게 만들었으며 어떤 이는 그것을 신의 계시로 받아들여 기도를 올렸고 어떤 이는 그것을 세상을 잇는 문으로 믿어 바위에 이마를 부딪치며 헌신을 다했다. 그러나 가까이 다가가면 사라지듯 희미해지는 특이한 광채는 사람들을 혼란에 빠뜨렸고 사원에 들어갔다 나왔다는 전설 속 인물들은 항상 다른 기억을 이야기하며 서로 모순되는 증언을 남겨 진실은 더욱 두터운 안개에 가려졌다.

고원에서 살아가는 주민들은 이 절벽 사원이 인간이 만든 것이 아니라 구름 위에 떠 있는 신령들이 세운 것이라 믿었다. 그들은 밤마다 바람결에 울려 퍼지는 낮은 북소리와 종소리를 들었다고 말했고 그 음율은 바위의 갈라진 틈에서부터 몸속 깊이 파고드는 듯 신비로운 울림으로 전해졌다. 실제로 이 지역을 지나던 여행자 중 일부는 설명할 수 없는 환청과 환영에 시달리며 마치 다른 세상으로 이끌리는 듯한 경험을 기록했고 그 흔적은 낡은 일기장과 탐험 보고서 속에 아직도 남아 있다. 특히 눈보라 속에서 희미하게 드러나는 금빛 사원의 실루엣은 보는 이로 하여금 마치 이곳이 인간의 세계와 신들의 세계가 맞닿는 경계라는 확신을 갖게 했다.

학자와 탐험가들이 이 절벽 사원을 조사하려 했지만 접근 자체가 쉽지 않았다. 절벽은 칼날처럼 날카로웠고 발을 헛디디면 끝없는 심연으로 떨어지는 위험한 길이었다. 설령 산소통과 장비를 갖추었다 해도 구름이 몰려들면 방향 감각을 잃기 쉬웠고 기록에 따르면 수많은 이들이 흔적도 없이 사라졌다. 특히 19세기 후반부터 이어진 탐험대의 기록에는 기묘한 경험이 반복적으로 등장했는데 어떤 이는 절벽 위에서 사라진 동료의 발자국을 발견했지만 그 발자국은 곧 끊어지고 구름 속으로 이어져 있었으며 어떤 이는 금빛 지붕에 다가가자 갑자기 눈앞이 새하얘지며 시간이 멈춘 듯한 착각 속에 빠져 정신을 잃었다고 한다. 이런 이야기들은 사실과 환상이 뒤섞이며 사람들의 상상력을 자극했다.

그러나 절벽 사원에 대한 전설은 단순한 신비만으로 유지된 것이 아니었다. 고원 주민들은 이곳을 신성한 제사의 장소로 여겨 수백 년 동안 접근을 금지했고 오직 특정한 날에만 선택받은 이들이 사원으로 향했다고 전한다. 그날 밤이면 달빛이 구름을 가르며 사원의 지붕을 밝혔고 선택받은 자는 절벽 위 좁은 길을 따라 올라가 사라졌으며 마을 사람들은 다시는 그들의 모습을 보지 못했다. 어떤 이는 그것이 신에게 바쳐진 제물이라 말했고 어떤 이는 새로운 차원의 세상으로 들어간 것이라 믿었다. 그리고 이런 전설은 더욱 사람들의 호기심을 자극해 세상의 끝에서 신비를 찾으려는 이들을 끊임없이 불러들였다.

현대에 들어서도 이 절벽 사원의 금빛 지붕은 여전히 탐험가들의 목표가 되었고 위성사진과 드론으로 접근하려는 시도가 이어졌지만 이상하게도 지붕은 뚜렷이 포착되지 않았으며 화면에는 항상 구름과 눈보라만이 가득했다. 일부 영상에서는 순간적으로 반짝이는 빛이 잡혔지만 프레임을 확대해도 실체는 알 수 없었고 촬영팀조차 촬영 순간 기억이 희미해졌다고 증언했다. 마치 사원이 의도적으로 자신을 숨기는 듯한 느낌을 주었고 이런 불가사의는 오히려 더 많은 이들을 끌어들이는 역할을 했다. 학계에서도 사원의 실체를 두고 논쟁이 이어졌으나 결국 모두 뚜렷한 증거를 남기지 못한 채 흩어졌다.

오늘날까지도 히말라야 절벽 공중 사원의 금빛 지붕은 신비의 상징으로 남아 있다. 이곳을 다녀왔다고 주장하는 사람들은 서로 다른 풍경을 묘사하며 누군가는 황금으로 장식된 불교 사원의 모습이라 했고 누군가는 구름 사이로 열린 차원의 문 같았다고 말했다. 그리고 그들이 남긴 기록과 증언은 서로 충돌하면서도 공통적으로 경외와 두려움이 섞여 있었다. 결국 절벽 위 사원의 존재는 아직도 확인되지 않은 채 사람들의 상상 속에서 살아 숨쉬고 있으며 언젠가 누군가가 그 문턱을 넘어 진실을 밝혀내더라도 그 순간조차 새로운 전설로 덧칠되어 영원히 미스터리로 남게 될 것이다.

02

사원에 이르는 유일한 사다리

히말라야 절벽 위 공중 사원으로 이어지는 길은 단 하나의 사다리뿐이라는 이야기는 오래전부터 전설처럼 내려왔다. 절벽 아래 마을 사람들은 그 사다리를 '하늘의 뼈'라고 불렀는데, 실제로 보았다 말하는 이들의 묘사에 따르면 그것은 나무나 밧줄이 아니라 산맥 깊은 곳에서 자라난 신비한 금속 줄기로 만들어졌다고 했다. 사다리는 절벽에 기대어 있는 것이 아니라 바위에 녹아든 듯 단단히 고정되어 있었고, 바람이 아무리 거세게 불어도 흔들리지 않았다. 밤에 보면 희미한 푸른 빛이 스며 나와 마치 하늘로 이어진 빛의 계단처럼 보였으며, 그것을 처음 본 사람들은 모두 몸이 떨려오고 심장이 요동쳤다고 기록했다.

그 사다리를 직접 오르려 한 사람은 많지 않았다. 사다리의 첫 단에 발을 올리는 순간 알 수 없는 압박이 내려와 숨쉬기가 힘

들여졌고, 어떤 이는 눈앞이 어두워져 곧바로 정신을 잃었다. 살아 돌아온 소수의 사람들은 사다리의 높이를 끝까지 보지 못했다고 말했다. 구름이 짙게 몰려드는 곳에서 사다리는 사라져버렸고, 위로 오를수록 마치 하늘 그 자체로 빨려 들어가는 듯한 느낌이 들었다고 한다. 어떤 이는 발을 내디딜 때마다 과거에 경험한 기억들이 한꺼번에 떠올라 정신이 흔들렸고, 어떤 이는 전혀 알지 못하는 사람들의 얼굴과 목소리가 머릿속을 가득 채웠다고 했다. 그것은 단순한 통로가 아니라 의식을 시험하는 관문 같았다.

사다리의 소재는 지금까지도 풀리지 않은 수수께끼다. 쇠처럼 단단했지만 녹슬지 않았고, 돌처럼 차가웠지만 손을 대면 체온

에 따라 색이 변했다. 낮에는 희미한 은빛을 띠고 있었는데 해가 질 무렵이면 서서히 황금빛으로 물들었고, 달빛이 닿는 순간에는 푸른 불꽃 같은 빛이 사다리 표면을 따라 흘러내렸다. 연구를 위해 작은 조각을 떼어내려 시도한 이들이 있었지만, 칼날은 부러지고 드릴은 돌처럼 튕겨나갔으며 결국 아무도 성공하지 못했다. 현지인들은 그것을 신이 내려준 뼈대라 불렀고, 인간의 손으로 훼손할 수 없다고 믿었다.

사다리를 따라 절벽을 오르던 사람들 중 일부는 중간쯤에서 이상한 경험을 했다고 한다. 바람이 잦아들고 구름이 갈라질 때, 위쪽에서 수십 개의 등불 같은 빛이 나타나 서로 얽히며 사라지는 광경을 본 것이다. 빛은 마치 사원을 지키는 수호자의 눈처럼 깜빡였고, 그 순간 오르던 자는 무릎이 굳어 더 이상 올라가지 못했다고 한다. 어떤 이는 몸이 사다리에 붙은 듯 움직이지 않았고, 또 어떤 이는 발밑에서 목소리가 울려 퍼지는 환청을 들었다. 그 목소리는 '돌아가라' 혹은 '선택받은 자만 나아가라' 같은 의미를 담고 있었으며, 이후 사람들은 감히 사다리 아래까지도 쉽게 가지 않게 되었다.

그러나 모든 이들이 물러난 것은 아니었다. 세상 끝의 진실을 찾으려는 탐험가들과 불멸을 꿈꾸는 이들, 신의 목소리를 직접 듣겠다고 나선 승려들은 목숨을 걸고 사다리를 오르려 했다. 그

중 일부는 사라졌고, 일부는 몇 날 며칠 후 산 아래에서 의식을 잃은 채 발견되었다. 발견된 이들은 공통적으로 기억을 잃거나 뒤섞인 말을 내뱉었는데, 어떤 이는 자신이 수백 년 전의 사람이라고 주장했고, 또 다른 이는 자신이 본 곳이 절벽이 아니라 끝없는 평원이었으며 그곳에서 거대한 황금의 문을 보았다고 말했다. 이 증언들은 서로 달랐지만, 하나같이 인간의 세계와는 다른 차원을 스쳤다는 점에서는 같았다.

사다리를 지켜본 현지 원주민들은 그곳을 오르는 순간 삶과 죽음의 경계가 희미해진다고 믿었다. 아이들이 태어나면 사다리 쪽을 향해 작은 돌을 던져 무사함을 기원했고, 죽은 이들의 영혼이 하늘로 오를 때도 그 길을 지난다고 생각했다. 그래서 마을 사람들은 사다리를 두려워하면서도 신성하게 여겨 함부로 다가

가지 않았다. 그들에게 사다리는 단순한 통로나 건축물이 아니라 세상과 신을 잇는 다리였다.

오늘날에도 여전히 절벽 공중 사원으로 이어진다는 유일한 사다리는 존재 여부조차 명확히 확인되지 않았다. 몇몇 탐험가들은 드론과 망원렌즈로 그것을 촬영했다고 주장하지만 사진은 흐릿하고 형체가 뚜렷하지 않았으며, 영상 속 사다리는 순간적으로 나타났다 사라졌다. 심지어 촬영 중 장비가 멈추거나 메모리 카드가 손상되기도 했다. 그럼에도 불구하고 사람들은 그 신비로운 사다리를 향한 동경을 멈추지 않았다. 금빛 지붕과 이어지는 길, 하늘과 땅을 잇는 마지막 통로라 불리는 사다리는 아직도 구름 속에 감춰진 채 새로운 전설을 기다리고 있다.

③
천 년 동안 닫혀 있던 대문

 히말라야 절벽 공중 사원으로 이어지는 길 끝에는 거대한 대문이 서 있었다. 사람들은 그것을 '천 년 동안 닫혀 있던 문'이라고 불렀고 실제로 그 문은 한 번도 열리지 않았다는 전설이 이어졌다. 문은 절벽 한가운데에 새겨진 듯 자리 잡고 있었고 높이는 세 사람을 포개놓은 만큼 크며 폭은 절벽 전체를 가로막아 마치 이 세상과 다른 차원을 나누는 경계 같았다. 금속처럼 빛났지만 돌의 질감도 함께 느껴졌고 손으로 만지면 얼음처럼 차가웠다. 누구도 그것이 어떤 재질인지 알지 못했으며 오직 그 앞에 서면 설명할 수 없는 긴장감과 두려움이 몰려왔다.

 대문에는 정교한 무늬가 새겨져 있었는데 단순한 장식이 아니라 별자리와 기호가 뒤섞인 형태였다. 별자리는 하늘의 실제 배열과 맞아떨어졌으며 계절마다 그 무늬의 빛깔이 바뀌었다고 전해졌다. 어떤 이들은 그것이 하늘의 지도이자 사원을 여는 열쇠라 믿었고 실제로 달이 특정한 위치에 올 때 문 위의 무늬가 희미하게 빛나기도 했다. 빛은 푸른색으로 번졌다가 금빛으로 변했으며, 문 주위의 공기는 이상하게 진동해 작은 돌조차 흔들렸다. 그러나 아무도 그 문을 열지 못했고, 다가가는 이들 대부분은 심장이 갑자기 빨라지거나 의식을 잃고 쓰러졌다. 그래서 마을 사람들은 신의 허락 없이는 그 문을 통과할 수 없다고 믿었다.

탐험가와 승려들은 이 문을 열기 위해 수많은 시도를 했다. 화염으로 달궈보기도 하고 얼음 도끼로 내리치기도 했지만 표면은 흠집 하나 생기지 않았다. 심지어 장비로 진동을 가했을 때는 오히려 문에서 낮은 북소리 같은 울림이 퍼져 나왔고, 절벽 전체가 공명하며 불안하게 흔들렸다. 몇몇은 그 순간 환청을 들었다고 기록했는데, 마치 오래전부터 이곳을 지키던 존재가 '돌아가라'라고 속삭이는 것 같았다고 한다. 그래서 사람들은 이 문을 억지로 열면 재앙이 온다고 믿게 되었고, 문 앞에 작은 제단을 쌓아 매년 제물을 바치며 사원을 달래려 했다.

그러나 전설에 따르면 단 한 번, 문이 스스로 열렸던 순간이 있었다고 한다. 구름이 가장 낮게 깔린 밤, 하늘에 초승달이 걸려 있던 때, 절벽을 오르던 세 명의 순례자가 문 앞에 이르렀는데 갑자기 문이 스스로 갈라지며 희미한 빛이 새어 나왔다. 순례자들은 안으로 들어갔지만 다시 나오지 않았고, 그들이 남긴 흔적은 문턱에 떨어져 있던 작은 목걸이뿐이었다. 이후 문은 다시 굳게 닫혔고 그날의 이야기는 마을 사람들에게 금지된 전설처럼 전해졌다. 그때부터 문은 단순한 출입구가 아니라 이 세상과 다른 세계를 잇는 관문으로 여겨졌다.

근대에 들어서도 여러 탐험대가 이 문을 조사하려 했다. 일부는 문 표면에서 미세한 자기장이 발생한다는 사실을 발견했고, 나침반이 근처에서 전혀 작동하지 않는다는 점을 기록했다. 또 다른 이들은 문을 스캔하려 했으나 기계는 늘 고장이 났고, 카메라에는 흐릿한 빛줄기만 남았다. 사진 속에는 사람이 찍히지 않았는데, 오직 문만이 희미하게 빛나며 홀로 서 있었다. 연구자들은 설명할 수 없었지만, 현지인들은 그것을 당연하게 받아들였다. 그들에게 문은 인간이 풀 수 없는 신의 영역이었고, 굳이 과학으로 해석하려 하는 것이 오히려 모독이라고 여겼다.

 문 앞에 다녀온 이들 중에는 기묘한 체험을 한 이들도 있었다. 문에 손을 댄 순간 갑자기 머릿속에 알 수 없는 장면이 떠올랐다는 것이다. 어떤 이는 거대한 바다를 보았고 어떤 이는 끝없는 황금빛 평원을 보았으며 또 어떤 이는 얼굴조차 알 수 없는 그림자들이 줄지어 서 있는 모습을 보았다고 했다. 그들은 모두 똑같이 눈물이 흘러내리는 경험을 했다고 말했는데, 이유는 알 수 없었다. 그 기억들은 현실과 꿈의 경계를 뒤흔들며 그들을 오랫동안 괴롭혔고, 어떤 이는 평생 다시 절벽에 가까이 가지 않았다.

오늘날에도 이 문은 여전히 닫힌 채 구름 속에 잠겨 있다. 위성사진으로는 뚜렷이 보이지 않으며, 드론으로 접근한 영상은 자주 흐려졌다. 그럼에도 불구하고 모험가들은 지금도 여전히 문 앞을 찾는다. 사람들은 문이 열리는 날이 언젠가 올 것이라 믿고 있으며, 그 순간 인간은 새로운 차원을 마주하게 될 것이라고 생각한다. 하지만 동시에 두려움도 존재한다. 문이 열린다는 것은 새로운 시작일 수도 있지만, 끝없는 미지의 공포가 쏟아져 나오는 사건일 수도 있기 때문이다. 그래서 천 년 동안 닫혀 있던 대문은 지금까지도 세상에서 가장 아름답고 두려운 수수께끼로 남아 있다.

04
벽화에 숨겨진 별자리 지도

 달빛이 그친 새벽, 절벽 사원의 내실 한가운데 바닥보다 조금 낮게 파인 방이 있었다. 바람이 들어오지 않는 그 방의 한쪽 벽을 가득 채운 그림은 먼지 속에서도 젖은 듯 반짝였고, 횃불을 가까이 대면 불빛이 흡수되듯 깊은 곳으로 스며들었다. 처음 본 사람들은 그것을 꽃과 짐승과 구름의 행렬이라고 믿었지만, 더 오래 바라보면 꽃잎의 가장자리가 점과 선으로 바뀌고 짐승의 등줄기가 하늘의 호선을 닮아간다는 사실을 눈치챘다. 선과 점은 모두 아주 얇았고, 칼로 긁어낸 듯 하지만 표면은 부드러웠으며, 손끝을 대면 벽이 미세하게 떨리는 느낌이 전해졌다. 누군가가 속삭였다, 이건 그림이 아니라 하늘을 접어 넣은 지도라고.

 벽화의 바탕은 검지 않았고, 밤하늘 같은 푸른 가루가 켜켜이 발렸으며 사이사이에 반짝이는 모래가 섞여 있었다. 꽃으로 보이던 둥근 장식은 가까이서 보면 별무리의 모양을 따랐고, 생선의 비늘 같은 무늬는 강이 아니라 은하의 흐름을 닮아 있었다. 무엇보다 이상한 건 동물의 눈동자 같은 점들이 서로 정확한 간격으로 배열되어 있다는 점이었고, 손가락으로 그 점들을 이어보면 사방의 능선과 계곡 방향과 일치하는 화살표가 생겨났다. 마을 노인은 그 화살표가 어느 계절에 어느 바람이 불 때 사라지는 길을 가리킨다고 말했고, 젊은 승려는 그것이 사원에 오르는 유일한 사다리와 같은 각도를 가진다고 덧붙였다. 우리는 벽 앞에 서서 모양을 더듬었고, 점과 선이 몸속 호흡과 붙잡히듯 하나의 맥으로 이어지는 순간을 기다렸다.

그날 밤 달이 절벽의 틈으로 정확히 들어오자, 벽화는 전혀 다른 얼굴을 드러냈다. 작은 창처럼 뚫린 바위 구멍에서 흘러든 달

빛이 벽의 특정 부분만을 쓸고 지나가자, 숨은 점들이 한꺼번에 깨어나 반딧불이처럼 깜빡였고, 막대기 같은 선들이 빛을 머금으며 천천히 움직였다. 꽃과 짐승은 사라지고, 남은 것은 별자리의 뼈대와 그것들을 잇는 길의 윤곽뿐이었으며, 길은 우리가 아는 패스와 조금도 겹치지 않았다. 벽은 조용했지만 방 안의 공기는 물속처럼 무거워졌고, 발바닥으로는 아주 규칙적인 진동이 전해졌으며, 그 진동은 마치 벽화 자체가 숨을 쉬고 있는 것처럼 일정한 간격으로 오르내렸다. 우리는 서로의 눈을 보며 고개를 끄덕였고, 길이 열렸다는 것을 깨달았다.

별자리 지도는 단지 하늘의 위치만 가르치지 않았다. 벽의 아랫부분에는 네 개의 둥근 고리가 맞물린 무늬가 있었고, 그 고리 안쪽 점들을 순서대로 눌러 보자 어딘가에서 챙 소리가 울리며 바닥 모서리가 미세하게 들렸다. 모서리 밑에서는 찬바람 대신 따뜻한 숨이 새어 나왔고, 작은 석함이 모습을 드러냈는데, 그 안에는 손톱만 한 은구슬이 하나 들어 있었다. 구슬을 벽 앞에 가져가면 별자리의 한 점이 더욱 밝아졌고, 그 밝아진 점은 늘 북서쪽 절벽의 균열을 가리켰다. 우리는 구슬을 움직이며 점의 반응을 살폈고, 구슬이 떨릴 때마다 벽의 선들이 조금씩 각도를 바꾸어 알려주듯 계단의 위치를 옮겨 주었다.

승려는 오래된 구절을 읊조렸다, 하늘이 반 쪽일 때 문이 반만큼 열린다, 별이 셋일 때 발걸음은 둘이어야 한다, 멈추면 길이 사라지고 두려우면 길이 늘어난다. 그 말은 수수께끼 같았지만 벽 앞에 서면 해석이 쉬워졌고, 세 개의 별이 일렬로 겹치는 순간 두 걸음만 앞으로 내디디면 사다리의 첫 단이 발밑에서 솟는다는 의미로 들렸다. 우리는 그 방법대로 새벽의 얇은 별빛을 기다렸고, 별이 맞닿는 짧은 순간에 숨을 고르며 두 걸음을 내디뎠다. 바닥은 비틀리지 않았고, 모래가 아닌 단단한 무언가가 발을 받쳐 주었다. 뒤돌아보면 사다리는 없었고, 오직 벽의 별들이 우리 발걸음에 맞춰 미세하게 반짝였다.

벽화는 친절하기도 하고 잔인하기도 했다. 지도가 알려준 균열로 들어가면 어김없이 다른 균열이 앞을 가로막았고, 그때마

다 우리는 다시 벽으로 돌아와 별의 변화를 읽어야 했다. 어느 밤에는 별들이 갑자기 꺼지듯 어두워졌고, 방 안에서 종소리가 울리며 누군가가 금빛 지붕 위를 걸어가는 기척이 들렸다. 그날 함께 있던 청년 하나가 홀린 듯 벽에 손을 얹자, 별들이 그의 손끝으로 흘러 들어가듯 잠시 빛났고, 다음 순간 청년은 한 걸음 앞으로 사라졌다. 바람도 소리도 없었고, 바닥에는 분필로 그어 둔 표식만 남았으며, 표식은 누군가 불로 그어 놓은 것처럼 까맣게 그을려 있었다.

그 뒤로 벽화는 매번 조금씩 달라졌다. 우리가 손을 대지 않아도 점 하나가 새로 생기거나, 길 하나가 아주 가느다랗게 굽이치며 방향을 바꾸었다. 마치 벽이 우리를 기억하고 다음 장을 펼쳐 보이는 듯했고, 그때마다 사원은 더 높아지고 하늘은 더 가까워졌다. 돌아서 나올 때면 벽의 빛이 서서히 가라앉으며 다시 꽃과 짐승의 얼굴로 돌아갔고, 만약 누군가가 처음으로 이 방에 들어온다면 그저 아름다운 벽장식이라 생각할 것 같았다. 그러나 우리는 알았다. 그 속에 접혀 있는 것은 길과 경고와 초대이며, 별이 문장을 완성하는 밤이면 벽은 또 다른 지도를 꺼내 들고 우리를 불러 세운다는 것을.

05

기도 시간마다 울리는 하늘의 북소리

 히말라야 절벽 공중 사원에는 오래전부터 내려오는 전설이 있었다. 사원에서 기도가 시작되는 순간, 하늘 저편에서 북소리가 울려 퍼진다는 이야기였다. 처음 들었을 때 사람들은 그것을 단순히 승려들이 두드리는 의식의 일부라 생각했지만, 실제로 들은 자들의 증언은 전혀 달랐다. 북소리는 바람을 타고 오는 것이 아니라 공기 자체가 진동하는 듯 사방에서 동시에 울려 퍼졌고, 귀로만 듣는 것이 아니라 가슴과 뼛속 깊은 곳에서 울려 퍼졌다. 어떤 이는 그 소리에 눈물이 흘러내렸고, 또 다른 이는 두려움에 몸을 떨었다.

 기도 시간은 일정하지 않았다. 어떤 날은 새벽에, 어떤 날은 한낮에, 또 다른 날은 눈보라가 몰아치는 한밤중에 북소리가 울렸다. 그러나 이상하게도 사원 주변의 마을 사람들은 기도의 시점을 정확히 알았고, 종소리도 없이 동시에 무릎을 꿇고 머리를 조아렸다. 그들의 말에 따르면 북소리는 인간의 힘으로 내는 것이 아니었으며, 신들이 사원의 지붕 위에서 하늘을 두드려 세상과 교감한다고 믿었다. 특히 소리가 울릴 때마다 절벽 틈에서 푸른 빛이 새어 나오고, 바위 위의 눈이 일순간 녹았다가 다시 얼어붙는 기현상이 일어났다. 사람들은 그것을 '하늘의 맥박'이라 불렀다.

탐험가들은 그 북소리를 기록하려 했다. 고성능 마이크와 장비를 설치했지만 소리는 언제나 장비를 피해 지나갔다. 이어폰에는 잡음만 가득했고, 테이프에는 텅 빈 정적만 남았다. 하지만 현장에서 직접 들은 사람들은 하나같이 동일한 체험을 했다. 북소리가 시작되는 순간 심장이 그 리듬에 맞춰 뛰었고, 몸 전체가 저절로 울림에 동조되었다는 것이다. 어떤 이는 시간이 멈춘 듯한 착각에 빠져 하늘을 올려다보았고, 그곳에서 실제로 거대한 손이 구름을 가르며 북을 두드리는 장면을 보았다고 주장했다.

더 기묘한 것은 북소리가 사람마다 다르게 들린다는 점이었다. 어떤 이에게는 천둥처럼 무겁게 울렸고, 어떤 이에게는 아기의 심장박동처럼 부드럽게 다가왔다. 심지어 같은 장소에 있던 이들끼리도 전혀 다른 리듬을 느꼈다고 한다. 그러나 이상하게도 소리가 끝나고 나면 모두 같은 시간만큼 흘렀음을 알 수 있었고, 손목시계는 똑같이 멈추거나 빨라진 흔적을 남겼다. 몇몇 탐험대원들은 기도 시간의 북소리를 경험한 뒤 노트에 빼곡히 수학 기호 같은 낯선 문양을 적어내려갔는데, 정작 본인은 그것을 쓴 기억조차 없었다.

현지의 승려들은 북소리에 대해 깊은 침묵을 지켰다. 단 한 번, 한 노승이 작은 목소리로 북소리는 사원의 심장에서 흘러나온다고 말했을 뿐이다. 그는 사원이 살아 있는 존재이며, 하늘과 땅을 연결하는 다리 역할을 하고 있다고 믿었다. 북소리는 그 다리가 흔들릴 때 나는 진동이고, 인간은 그 진동을 소리로 받아들이는 것이라고 했다. 그러나 그 이상의 설명은 거부했고, 이후로는 입을 굳게 닫았다. 마을 사람들은 그 말을 기억하며 더 깊은 신성으로 사원을 숭배했다.

북소리는 단순히 신비로운 현상에 그치지 않았다. 때때로 소리가 울릴 때마다 절벽에서 작은 눈사태가 일어났고, 계곡의 빙벽이 갈라졌다. 어떤 해에는 북소리가 세 번 연속으로 울린 뒤 산 아래 마을에 큰 지진이 일어났다고 전해졌다. 사람들은 그 소리가 단순한 음악이나 의식이 아니라 세상의 균형과 연결되어 있다고 믿었다. 그래서 기도가 울릴 때는 누구도 불을 피우거나 땅을 파지 않았고, 심지어 숨소리마저 조심스러워졌다.

오늘날에도 북소리는 여전히 풀리지 않은 수수께끼로 남아 있다. 위성 장비와 과학자들의 탐구에도 그 기원을 찾지 못했고, 오직 직접 경험한 자들만이 그것의 존재를 확신한다. 사람들은 여전히 기도 시간마다 절벽 아래 모여 하늘을 올려다보며 북소리를 기다린다. 그 순간 하늘과 땅이 이어지고, 인간의 심장이 사원의 심장과 하나가 된다고 믿으며, 언젠가 그 울림이 길을 열어 새로운 세계로 들어가게 할 것이라는 희망을 품는다. 그래서 '기도 시간마다 울리는 하늘의 북소리'는 단순한 전설이 아니라 살아 있는 체험으로, 오늘도 히말라야 바람 속에 스며들어 있다.

06

사원의 금고에서 나온 낯선 언어

 히말라야 절벽 사원 깊숙한 곳에는 누구도 손댈 수 없었던 금고가 있다고 전해졌다. 금고는 바위 속에 묻힌 듯 반쯤만 드러나 있었고 표면은 쇠처럼 단단했지만 녹슬지 않았으며, 달빛이 비칠 때마다 푸른 광채를 뿜어냈다. 오랫동안 누구도 그것을 열 수 없었으나, 어느 날 사원의 기도가 끝난 직후 금고에서 낮은 진동음이 흘러나왔고, 곧 이어 잠긴 문이 스스로 벌어지듯 천천히 움직였다. 안에서는 서늘한 바람이 흘러나왔고, 안쪽에는 오래된 두루마리와 돌판이 가지런히 놓여 있었다. 그러나 가장 놀라운 것은 그 표면에 새겨진 낯선 언어였다.

 그 문자는 우리가 아는 어떤 글자와도 닮지 않았다. 곡선과 직선이 교차하며 마치 별빛이 이어지는 듯한 형태였고, 읽으려 하면 글자가 살아 움직이는 것처럼 변해 눈을 현혹시켰다. 어떤 이는 그것을 별자리의 모양으로 이해하려 했고, 또 다른 이는 파도 위에 흔들리는 물결 같은 패턴이라 보았다. 심지어 같은 문장을 두고도 보는 사람마다 전혀 다른 인상을 받았으며, 그것은 마치 사람의 내면을 비추는 거울 같았다. 그럼에도 불구하고 모두가 공통적으로 느낀 것은, 그 글자들에서 들려오는 듯한 울림이었다. 눈으로 읽는 것이 아니라 귀로 듣는 것 같은 체험이었고, 문자를 오래 바라본 이들은 모두 심장이 갑자기 빨라졌다고 증언했다.

두루마리의 재질도 기이했다. 종이처럼 얇았지만 불에 타지 않았고, 금속처럼 차가웠지만 쉽게 접혔다. 돌판 위의 문양은 마치 새겨진 것이 아니라 돌 속에서 빛이 새어 나온 듯 보였다. 그것을 만지면 손끝에 따뜻한 전류 같은 것이 흘렀고, 그 순간 문양은 더 밝게 빛났다. 연구자들은 그것을 고대 암호라 생각했지만, 마을 사람들은 신의 언어라 믿었다. 그들은 인간이 이해하지 못하도록 의도적으로 남겨진 언어이며, 읽는 것이 아니라 느껴야 한다고 말했다. 그래서 그 언어를 바라보는 순간 떠오르는 장면과 감정이야말로 진짜 의미라 여겼다.

실제로 금고를 접한 탐험가 중 몇 명은 이해할 수 없는 단어를 입으로 흘려내기도 했다. 그 말은 인간의 언어가 아니었고, 발음조차 설명하기 어려운 음절들이었다. 듣는 사람들은 그 소리에 기묘한 감정을 느꼈는데, 마치 오랫동안 잊고 있던 기억이 강제로 끌려나오는 것 같았다. 어떤 이는 갑자기 어린 시절의 풍경을 떠올렸고, 또 다른 이는 꿈속에서 본 황량한 대지를 눈앞에서 다시 본 것 같다고 말했다. 낯선 언어는 단순한 문자가 아니라 기억과 환상을 자극하는 힘을 가지고 있었다.

그러나 위험도 뒤따랐다. 글자를 오래 바라본 이들은 머릿속에서 낮은 속삭임을 들었다고 했다. '여기에 머물러라, 돌아가지 마라' 같은 음성이었으며, 그 목소리를 들은 사람은 며칠 동안 식음을 전폐하고 홀린 듯 사원을 떠나지 않았다. 어떤 이는 벽에 낙서를 남겼는데, 그것이 바로 금고에서 나온 언어와 동일한 문양이었다. 마치 글자가 사람의 손을 빌려 다시 쓰여지는 것 같앗고, 그 흔적은 시간이 지나도 지워지지 않았다. 그래서 사원의 승려들은 금고에 접근하는 자를 제한하고, 함부로 두루마리를 펼치지 못하게 했다.

하지만 금고의 언어는 단순한 저주나 환각이 아니었다. 별자리를 연구하던 탐험대는 그 문양과 하늘의 별 위치가 정확히 일치한다는 사실을 발견했다. 특히 특정한 계절, 별이 정해진 자리에 모이면 문양의 일부가 빛나며 서로 연결되었다. 그것은 마치 하늘과 금고가 서로 대화를 나누는 것 같았다. 이 사실은 언어가 단순한 글자가 아니라 시간과 공간을 기록하는 지도일 수도 있다는 가설을 낳았다. 그래서 사람들은 그 언어를 '하늘의 일기'라고 불렀고, 누군가는 그것이 인류보다 오래된 존재가 남긴 메시지라 속삭였다.

오늘날에도 금고 속 낯선 언어는 풀리지 않은 수수께끼로 남아 있다. 누구도 완전히 해독하지 못했지만, 그것을 본 자들의 마음속에는 같은 질문이 남았다. 이 언어는 과거를 기록한 것일까, 아니면 미래를 예고하는 것일까. 만약 그것이 미래라면, 아직 열리지 않은 대문과 이어져 새로운 세계의 도래를 알리는 것은 아닐까. 사람들은 여전히 그 방을 떠나며 마지막으로 뒤돌아보곤 한다. 벽 속에서 스스로 빛나는 글자들이 마치 생명처럼 숨을 쉬며, 언젠가 우리에게 진짜 목소리를 들려주겠다는 약속을 속삭이는 듯 느껴지기 때문이다.

07
승려들이 감춘 마지막 방

히말라야 절벽 사원을 오랫동안 지켜온 승려들은 가장 깊은 곳에 문이 하나 더 있다는 소문을 애써 부인했지만, 새벽의 북소리가 멈춘 밤 우리는 우연처럼 보이는 길잡이를 따라 바람이 통하지 않는 회랑 끝의 그림자 틈으로 들어갔다. 바닥에는 보이지 않는 선들이 발끝을 유도했는데, 한 걸음 내디딜 때마다 돌바닥이 아주 미세하게 내려앉으며 낮은 음을 냈고 그 울림이 벽화의 별자리와 미묘하게 맞아떨어지는 순간, 정면의 막힌 돌벽이 물결처럼 흔들렸다. 그 흔들림 속에서 오래된 섬유로 짠 휘장이 드러났고, 휘장의 모서리에는 손바닥보다 작은 은구슬이 네 개 매달려 있었으며 그것을 동시에 잡아당기자 회랑의 바람이 방향을 바꾸듯 뒤로 쏠렸다. 휘장이 양쪽으로 갈라지며 나타난 것은 문도, 통로도 아닌 완벽한 어둠이었고 그 앞에 서자 몸 속의 박동이 한 박자 늦어지며 귓속으로 먼 북소리가 배어들었다. 우리는 서로의 눈빛만 확인하고 그 어둠 속으로 발을 들여놓았다.

첫 발을 내딛는 순간 어둠은 천천히 얇아졌고, 마치 물 밑에서 떠오르듯 방의 윤곽이 모습을 드러냈다. 천장은 낮은데도 하늘처럼 높아 보였고, 벽마다 작은 틈들이 별빛처럼 반짝였으며 가운데에는 검은 거울 같은 물이 고여 있었다. 그 물은 흔들리지 않았고 빛을 반사하지 않았으며, 손가락을 가까이 대면 표면이 가볍게 부풀어 올랐다 꺼지며 심장과 같은 박동을 흉내 냈다. 방 가장자리에는 높은 등받이도, 문양도 없는 의자들이 동그랗게 놓여 있었고 각 의자 앞 바닥에는 우리가 알 수 없는 언어가 조용히 떠 있었다. 글자는 돌에도, 종이에도 새겨지지 않았는데 마치 공기 자체가 글자를 품고 있는 것처럼 보였다.

승려 한 명이 어디선가 나타나 조용히 손가락을 입술에 대었고, 그가 아무 말도 하지 않았음에도 방 안의 공기가 '말하지 말라'는 뜻으로 변하는 것을 몸으로 알아챘다. 그는 검은 물 근처의 의자에 앉아 두 손을 무릎 위에 얹었고, 그러자 바닥의 글자들이 천천히 움직이며 그의 호흡과 박자를 맞추었다. 글자들은 우리가 전에 본 금고의 언어와 닮았으나 더 완고하고 더 생생했으며, 곡선이 살아 움직여 서로를 꿰매듯 이어졌다. 승려가 손바닥을 뒤집는 순간 글자들이 공중으로 떠올라 사라지고, 대신 천장에서 아주 작은 종소리가 한 번 울렸다. 그 소리에 맞춰 검은 물 위로 얇은 길 하나가 가느다랗게 나타났다가 곧바로 감쪽같이 사라졌다.

우리는 의자 하나에 조심스레 앉았고, 그때부터 방은 우리를 알아보는 듯 반응했다. 발끝에서부터 다리가 따뜻해지고 척추를 타고 머리까지 전해지는 미묘한 전류가 스쳤으며, 눈앞의 공기 속에서 또 다른 글자들이 태어났다. 그 글자에 시선을 고정하면 곧바로 어떤 장면이 마음속으로 밀려들었는데, 절벽 위 금빛 지붕을 아래에서 올려다보는 시선, 사다리의 첫 단이 발바닥에 닿던 감촉, 북소리가 뼛속을 울리던 순간 같은 기억이 동시에 겹쳤다. 그런데 그 모든 장면의 중심에는 언제나 이 마지막 방이 있었다. 마치 우리가 여기 도착하기 전부터 이 방이 우리의 발걸음을 되감아 끌어당겼다는 듯, 기억 속 길과 현재의 길이 하나로 겹치며 어지럽게 빛났다.

승려는 마침내 입을 열었다. 그가 말하는 소리는 분명 사람의 음성이었지만 벽과 바닥, 공기와 물이 동시에 울리는 것처럼 들렸고, 단어는 단순했으나 의미는 너무 깊어 이해에 시간이 필요했다. 그는 이 방이 사원의 심장이라 말했고, 북소리가 시작될 때마다 이곳의 검은 물이 한 번씩 숨을 쉰다고 했다. 물이 숨을 들이킬 때는 바깥의 길들이 닫히고, 내쉴 때는 길들이 열린다 했으며, 문을 찾으려는 자는 호흡을 먼저 배워야 한다 했다. 마지막으로 그는 우리가 본 글자들이 기록이 아니라 '지도이자 대답'이라고 했다. 질문을 품고 앉으면 글자가 태어나고, 대답을 억지로 붙잡으면 글자는 사라진다 했다.

승려들은 왜 이 방을 감추었느냐 물었을 때, 그는 미소도 한숨도 없이 손바닥의 흉터를 보였다. 흉터는 작은 원들이 이어진 모양이었고, 마치 벽화의 별자리가 축소되어 새겨진 듯 보였다. 그는 오래전 이 방이 열릴 때마다 사라진 이들의 이야기를 들려주었는데, 그들은 문의 반대편에서 돌아오지 못했고, 남은 것은 의자 앞 공기에 다시 나타난 이름 하나와 박동이 빗나간 북소리뿐이었다 했다. 방은 부른다고 열리는 것이 아니고, 묻는다고 대답하는 것이 아니며, 스스로 우리가 충분히 조용해졌을 때 한순간 길을 보여 준다 했다. 그래서 이 방의 존재는 숨겨져야 했고, 사원은 오직 밤하늘과 같은 속도로만 사람을 받는다 했다.

 돌아갈 때가 되자 승려는 우리에게 마지막 연습을 시켰다. 검은 물 위에 손을 겹치고 북소리의 잔향이 사라지는 순간을 기다렸다가, 눈을 감은 채 마음속으로 단 하나의 질문만 남기고 다른 모든 생각을 흘려보내라 했다. 우리는 그렇게 했다. 바닥의 글자가 한 번 고요해졌다가 아주 짧게 깜박이며 새 줄기를 틔웠고, 그 줄기는 우리 쪽으로 다가오다가 닿기 직전에 사라졌다. 그와 동시에 방의 벽 틈에서 찬 바람이 들어왔고, 휘장 너머 어둠이 물처럼 되돌아오며 길을 봉했다. 우리는 아무것도 얻지 못한 듯 방을 나왔지만, 회랑의 돌바닥을 밟는 발뒤꿈치에서부터 심장까지 이어지는 미세한 박동이 여전히 우리 곁에 붙어 있었다. 그 박동은 우리가 다시 여기에 올 것이라는 약속처럼, 한 번도 들리지 않게 울리고 있었다.

08
눈보라 속으로 사라진 탐험대

 히말라야 능선을 넘어온 탐험대는 마지막 보급품을 나눠 들고 절벽 공중 사원을 향해 오르기 시작했는데, 바람은 얇은 칼끝처럼 폐를 스치고 눈발은 모래처럼 얼굴을 때리며 시야를 조금씩 갉아먹었고, 그럼에도 금빛 지붕이 가끔 구름 틈으로 번쩍일 때마다 모두의 발걸음은 다시 살아났으며, 북소리의 잔향이 산의 뼛속에서 새어 나오는 듯 낮고 일정하게 울려 가슴속 맥박과 겹쳤고, 지도라는 이름의 벽화가 알려 준 균열과 사다리의 각도는 눈 속에서 흐릿해졌지만 이상하게도 발끝은 길을 알고 있는 듯 정확히 다음 바위를 찾아 디뎠다.

 정오 무렵 바람의 결이 바뀌며 갑자기 하늘이 낮아졌고, 구름이 계곡을 기어 올라 절벽을 덮자 산 전체가 몸을 틀듯 기울었으며, 그때 선두의 헤드램프가 끊긴 줄처럼 깜박이고 꺼졌고 뒤

따르던 자의 무전기에서는 금고의 언어를 흉내 낸 듯한 금속성 음절이 짧게 새어나왔으며, 눈발은 알갱이를 바꾼 듯 더 무겁고 둔탁해져 옷과 장비를 순식간에 얼려 붙였고, 밧줄을 당겼을 때는 분명 힘이 전해졌지만 두 번째로 당겼을 때 손에 남은 건 공기뿐이라 모두가 동시에 서로의 이름을 불렀다.

 눈보라의 심장부에 들어서자 소리는 방향을 잃고 밝거나 어두운 모든 것이 모서리를 잃었으며, 선두가 외친 '사다리'라는 말이 세 번 반사되어 되돌아오는 사이 절벽 틈에서 푸른 불빛이 한 번 숨을 쉬듯 켜졌다 꺼졌고, 그 빛이 꺼지는 순간 눈발이 허공에서 멈춰 서며 길처럼 열렸으며, 탐험대는 망설임 없이 그 틈으로 몸

을 기울였고, 밧줄을 거두려는 찰나 밧줄의 무게가 십수 명 분으로 늘어났다가 이내 깃털처럼 가벼워졌으며, 발밑의 얼음은 깨지지 않았지만 아래에서부터 심장과 같은 박동이 느껴져 모두가 한 박자 늦게 숨을 들이켰다.

후미에서 기록을 맡은 이는 손등으로 고글을 훔치며 카메라를 들어 올렸고, 뷰파인더에는 폰트처럼 반듯한 설원이 아니라 검은 물거울 같은 길이 가늘게 나타났으며, 셔터를 누르기도 전에 화면 중앙을 별빛 같은 점들이 가로지르더니 서로 이어져 금빛 지붕의 윤곽을 만들었고, 그 윤곽이 흔들리며 문처럼 벌어지는 순간 북소리가 심장에서 두 번 세게 치고 멎었으며, 모두가 그 멎음에 끌려 같이 멈춰 섰다가 본능적으로 다시 한 발을 내디뎠고, 그 발걸음이 끝나기 전에 무전에서는 '지금이야'라는 낮고 떨리는 속삭임이 흘렀다.

눈보라는 더 거세졌지만 그들의 주위만은 이상하게도 비어 있었고, 발걸음의 자국은 두세 걸음 뒤에서부터 서서히 지워지며 앞쪽으로는 더욱 선명해졌으며, 선두의 피켈이 바위를 찍을 때마다 철이 아닌 유리 소리가 났고, 바람은 뒤에서 밀지 않고 앞에서 당겼으며, 누군가가 뒤돌아보자 계곡 아래로 길게 늘어진 밧줄이 한 번에 끊긴 선처럼 곧게 퍼졌다가 천천히 위로 떠오르며 사라졌고, 그와 동시에 하늘의 구름층 사이로 아주 얇은 사다리의 그림자가 비쳐 모두가 한 걸음 더 나아가도록 등을 지그시 밀었다.

  탐험대의 마지막 기록은 무전과 필기와 영상이 서로 겹친 형태로 남았는데, 필기에는 눈보라 속에서도 또렷한 글씨로 '문이 반만 열렸다, 호흡을 따라가라, 두 걸음'이라 적혀 있었고, 영상에는 황백색의 실루엣들이 한 줄로 서서 각자의 어깨에 손을 얹는 장면이 단 한 프레임 찍혀 있었으며, 무전에는 북소리와 함께 아주 낮은 아이 숨소리 같은 것이 겹쳐 들렸고, 그러다 모든 소리가 동시에 꺼지며 정적이 사막처럼 깔렸으며, 카메라의 마지막 타임스탬프는 몇 분을 건너뛰어 미래의 시간을 표시했지만 배터리는 여전히 가득 차 있었고, 장비가 회수되었을 때 그 표면에는 눈이 고드름처럼 안쪽에서 자라난 흔적이 남아 있었다.

그리고 눈보라가 지나간 다음 날, 구조대는 절벽 중턱에서 가지런히 놓인 장갑과 머리램프, 얼음에 눌어붙은 노트 한 권, 그리고 끝이 매듭지어지지 않은 밧줄만을 발견했으며, 그 자리는 마치 누군가 정중히 식탁을 정리하듯 깨끗했고, 발자국은 네 단 뒤에서 갑자기 끊기며 허공으로 이어졌고, 끊긴 자리 위로는 아주 얇은 서리 문양이 남아 별자리와 똑같은 간격을 이루었으며, 저녁이 되자 절벽 꼭대기 근처에서 금빛이 한 번 짧게 번쩍이고는 사라졌고, 그 빛이 꺼진 뒤 바람은 북소리의 리듬으로 움직이다가 평온으로 돌아왔으며, 사람들은 눈을 감은 채 같은 말을 되뇌었다. 그들은 사라진 것이 아니라 문을 통과했을 뿐이라고.

4장

쿠바 앞바다 대리석 궁전

08

어부의 그물에 걸린 대리석 조각

쿠바 앞바다의 바다는 언제나 파도와 햇살로 반짝였지만, 그날은 어부 라파엘의 그물이 유난히 무겁게 끌려 올라왔다. 평소라면 은빛 물고기들이 튀어 오르며 그물을 흔들었을 터였지만, 이번에는 달랐다. 그물 속에는 비늘도 지느러미도 없는 묵직한 돌덩이가 걸려 있었고, 햇빛을 받자 바다빛과는 다른 희미한 흰빛을 발산했다. 그것은 단순한 바위가 아니라 매끈하게 다듬어진 대리석 조각이었다. 손바닥에 닿는 감촉은 차갑고 매끄러웠으며, 표면에는 손톱으로도 긁히지 않을 정도로 단단한 결이 숨어 있었다. 라파엘은 처음에 그것을 그냥 바닷속에서 떠밀려온 폐허의 파편이라 여겼지만, 곧 눈에 들어온 작은 문양이 그의 심장을 쿵 하고 울리게 했다.

문양은 파도의 흐름과 닮았지만 단순한 곡선이 아니었고, 곡선 사이에는 별자리 같은 점들이 박혀 있었다. 그것은 단순한 장식 같으면서도 일정한 규칙이 있었고, 오랜 세월 물결과 소금에 닳았음에도 희미하게 살아남아 있었다. 라파엘은 그것을 배 위에 올려두고 동료들에게 보여주었지만, 모두 고개를 갸웃거릴 뿐이었다. 그러나 그중 한 늙은 어부는 갑자기 얼굴이 굳어지며 어린 시절 어머니가 해주던 이야기를 떠올렸다고 했다. 바다 밑에는 돌로 된 궁전이 잠들어 있으며, 달빛이 가장 밝은 날이면 그 궁전의 지붕이 바닷속에서 빛난다는 전설이었다. 그는 떨리는 목소리로 말했다.

"이건 그 궁전의 일부일지도 모른다."

밤이 되자 라파엘은 대리석 조각을 마당에 두고 등불을 비추어 보았다. 이상하게도 낮에는 그저 흰 돌처럼 보이던 조각이 어둠 속에서는 희미한 푸른빛을 발했다. 빛은 표면의 문양을 따라 흐르며 마치 물이 움직이듯 살아 있었고, 가까이 귀를 대면 바닷속에서 울려오는 듯한 낮은 진동이 느껴졌다. 그는 그것을 품에 안고 잠들었는데, 꿈에서 깊은 바닷속 계단을 걸어 내려가는 장면을 보았다. 계단의 끝에는 끝없이 이어진 회랑과 대리석 기둥들이 줄지어 서 있었고, 그 사이에서 빛나는 수정 같은 눈들이 자신을 바라보고 있었다. 깨어났을 때 그는 심장이 여전히 빠르게 뛰고 있었고, 손바닥에는 바닷물에 젖은 듯한 차가운 감각이 남아 있었다.

이 소식은 곧 마을에 퍼졌다. 호기심 많은 젊은이들은 조각을 만져보려고 줄을 섰고, 만져본 이들은 하나같이 같은 증언을 내놓았다. 짧은 순간 바닷속을 본 듯한 착각이 들었고, 어떤 이는 돌을 쥐는 순간 오래전에 잃어버린 가족의 목소리를 들었다고 했다. 또 다른 이는 갑자기 몸이 무거워지며 마치 물속에서 숨을 쉬는 것 같은 공포를 느꼈다고 했다. 모두가 각자 다른 경험을 했지만, 한 가지는 같았다. 그 돌은 단순한 바위가 아니었으며, 누군가의 기억과 시간을 담아낸 문이었다.

라파엘은 점점 더 불안해졌다. 조각을 집 안에 두자 새벽마다 이상한 소리가 들려왔는데, 그것은 파도 소리와 비슷했지만 훨씬 더 규칙적이고 깊은 북소리 같았다. 벽이 울리고, 창문이 흔들렸으며, 개와 닭들이 이유 없이 울부짖었다. 그는 결국 그것을 다시 바다에 던져버리려 했으나, 그 순간 몸이 움직이지 않았다. 마치 돌이 그의 팔을 끌어당기듯 무겁게 붙잡았고, 대신 머릿속에 한 문장이 떠올랐다.

"궁전은 기다린다."

그 목소리는 누구의 것도 아니었고, 바다 자체가 말하는 것 같았다.

며칠 뒤 해안가를 지나던 잠수부가 라파엘의 이야기를 듣고 흥미를 느꼈다. 그는 돌의 무늬를 카메라에 담고, 같은 자리에 다시 그물을 내리기로 했다. 잠수부가 바닷속으로 몸을 던졌을 때,

그는 예상치 못한 풍경을 보았다. 모래밭 위에 대리석 조각들이 흩어져 있었고, 그 사이사이로 작은 기둥의 밑동들이 줄지어 있었다. 그것은 자연적으로 생긴 암석이 아니라, 분명히 인간의 손으로 깎은 흔적이었다. 더 깊은 곳에서는 무너진 계단이 어둠 속으로 이어졌고, 잠수부는 급히 수면으로 올라오며 외쳤다.

"라파엘, 네가 찾은 건 진짜야. 저 아래에는 무언가가 있어."

그날 밤 마을 사람들은 모닥불 주위에 모여 대리석 조각을 다시 가운데에 두었다. 모두가 그것을 바라보며 낮은 목소리로 전설을 읊었다. 오래전 바닷속으로 가라앉은 궁전은 다시 떠오르길 기다리고 있으며, 선택받은 자만이 그 문을 통과할 수 있다는 이야기였다. 대리석 조각은 불빛 속에서 여전히 차갑게 반짝였고, 바람은 바다에서 불어와 그물에 남은 소금을 흔들었다. 누구도 다음에 무슨 일이 일어날지 알지 못했지만, 모두가 느낄 수 있었다. 그 작은 조각은 단순한 시작에 불과하며, 앞으로 더 큰 비밀이 바닷속 깊은 곳에서 모습을 드러낼 것이라는 것을.

02
잠수부가 본 바다 속 계단

 쿠바 앞바다에서 잠수부가 처음으로 바닷속 계단을 보았을 때, 그것은 단순한 암석이 아니었다. 햇빛이 수면을 뚫고 내려오는 각도에 따라 계단은 희미한 금빛을 띠었고, 바다 속 모래와 해초 사이에서 또렷한 직선으로 솟아 있었다. 계단의 표면은 해류에 닳아 매끈했지만 여전히 규칙적인 너비와 높이를 지니고 있었으며, 그것이 자연의 손길이 아닌 의도적인 건축물임을 말해주고 있었다. 잠수부는 순간 자신이 수천 년 전의 궁전 입구에 서 있는 듯한 착각에 빠졌다. 물은 차가웠지만 가슴 속에서는 뜨거운 맥박이 터져 나왔고, 계단 하나하나가 숨을 쉬듯 살아 움직이는 것 같았다.

 그는 조심스럽게 한 칸 내려섰다. 발이 닿는 순간 미세한 진동이 발목을 타고 올라왔고, 물살은 그 진동을 증폭시키듯 계단

주위를 원형으로 돌았다. 계단은 끝없이 아래로 이어졌지만 깊이에 따라 빛이 점점 더 옅어지면서 어둠이 물결처럼 깔려 있었다. 그러나 이상하게도 계단 모서리에는 희미한 빛이 남아 있어 마치 누군가 촛불을 켜둔 것처럼 길을 따라 이어졌다. 잠수부는 숨을 고르고 또 다른 계단을 밟았다. 순간 귓속에서 북소리 같은 울림이 터져 나왔고, 그 울림은 바다 전체가 공명하는 것처럼 느껴졌다.

점점 더 깊이 내려가자 물은 차갑고 무거워졌지만 시야는 오히려 넓어졌다. 어둠 속에서 기둥의 윤곽이 드러났고, 계단의 양옆에는 부러져나간 대리석 조각들이 줄지어 있었다. 일부는 산호와 해초에 덮여 있었지만 원래의 하얀 빛을 여전히 간직하고 있었다. 잠수부는 손전등을 비추었고, 그 빛이 닿자 대리석 표면에 문양들이 살아났다. 파도 모양의 곡선, 별자리와 닮은 점, 그리고 서로 연결된 선들이 하나의 지도를 이루고 있었다. 그것은 벽화도, 글자도 아니었지만 분명한 의미를 담고 있었다. 그는 순간, 이 계단이 단순히 바다 밑으로 내려가는 길이 아니라, 또 다른 세계로 이어지는 문이라는 확신에 사로잡혔다.

 숨이 점점 가빠져 다시 수면으로 올라가야 했지만, 그는 발길을 돌리지 못했다. 계단 아래에서 빛이 반짝였기 때문이다. 그것은 단순한 햇살의 반사가 아니었고, 규칙적으로 깜빡이며 신호를 보내는 것처럼 보였다. 잠수부는 더 깊이 내려가기 위해 몸을 기울였다. 그러나 동시에 알 수 없는 두려움이 가슴을 조여왔다. 빛은 분명 그를 부르고 있었지만, 그 빛 뒤에는 인간이 감당할 수 없는 무언가가 기다리고 있는 듯했다.

그 순간, 계단 위로부터 차가운 물살이 몰아쳤다. 마치 바다가 그를 더 내려가지 못하게 막는 것 같았다. 그는 필사적으로 몸을 돌려 수면으로 향했다. 올라오는 동안에도 그는 등 뒤에서 계속해서 울려오는 진동을 들었고, 계단의 빛이 그를 붙잡으려는 듯 점점 더 강하게 반짝였다. 마침내 수면 위로 머리를 내밀었을 때, 그의 호흡은 거칠게 끊어졌지만 심장은 여전히 계단의 박동과 같은 리듬을 따르고 있었다.

배 위로 올라온 그는 말없이 수평선을 바라보았다. 동료들은 그가 본 것을 묻지 않았지만, 그의 눈동자는 이미 바다 아래의 무언가에 사로잡혀 있었다. 계단은 분명히 존재했다. 그것은 인간이 만든 흔적이었고, 단순한 유적이 아니라 아직 끝나지 않은 이야기의 시작이었다. 바다는 그것을 숨기려 했지만, 동시에 보여주고 있었다.

그날 밤, 잠수부는 다시 꿈을 꾸었다. 바닷속 계단을 따라 끝없이 내려가고, 마침내 도착한 곳은 대리석 궁전의 대문이었다. 거대한 기둥 사이에서 불빛이 새어나왔고, 그 안에서 낯선 목소리가 속삭였다.

"너는 아직 준비되지 않았다."

그는 땀에 젖어 깨어났지만, 손끝에는 여전히 차가운 돌의 감촉이 남아 있었다. 그리고 그는 알았다. 언젠가 다시 그 계단을 찾아 내려가야 할 것임을.

03
해류에 밀려온 금빛 조각상

폭풍이 밤새 바다를 뒤흔들고 파도가 부서진 산호를 모래톱으로 밀어 올린 다음 날 새벽, 라파엘과 동료들은 그물을 당기던 손끝으로 평소와 다른 진동을 느꼈다. 수면 아래에서 무엇인가가 조용히 빛을 반사하며 끌려 올라왔고, 해초와 조개껍데기에 감긴 채 갑판 위로 모습을 드러낸 것은 사람보다 조금 작은 크기의 금빛 조각상이었다. 표면은 소금과 바람에 오래 닳아 있었지만 여전히 부드럽게 빛났고, 어깨부터 가슴까지의 선이 또렷하게 살아 있었다. 눈은 감긴 듯 반쯤 젖혀져 있었으며, 미세한 문양들이 파도결처럼 몸을 감싸 돌았다. 라파엘이 맨손으로 만지는 순간 차갑지 않고 미지근한 체온이 전해졌다. 조각상의 밑부분에는 모래가 눌린 듯 원형 자국이 남아 있었고, 당장이라도 바다로 돌아가려는 발을 버티고 있는 것처럼 보였다.

 조각상을 마을로 옮기자 햇빛은 금빛 표면에서 부서져 수십 갈래의 가늘고 긴 빛줄기를 골목과 지붕에 흩뿌렸다. 아이들은 손바닥으로 그 빛을 붙잡으려 뛰었고, 어른들은 말을 아끼며 숨을 죽였다. 오래된 노파가 조심스레 다가와 조각상의 눈가에 손을 올리자 빛줄기는 잠시 한 덩이가 되어 노파의 이마를 스치고 지나갔다. 그 순간 바닷바람의 냄새가 마당에 가득 차며 멀리서 낮은 북소리가 들려왔다. 소리는 심장 박동에 포개졌고, 눈을 뜨지 않은 조각상의 입가에는 보이지 않는 미소가 잠깐 스쳐갔다. 문양 틈 사이로는 푸른 빛과 은빛이 번갈아 스며들었다. 라파엘은 이것이 바다 밑에서 미처 올라오지 못한 이야기의 일부라는 생각을 지울 수 없었다.

해가 지고 마을의 불빛이 하나둘 꺼질 무렵, 라파엘은 조각상을 저장고 한가운데 놓고 물이 담긴 대야를 곁에 두었다. 바람이 멎자 저장고 안은 바다보다 더 깊은 고요로 가라앉았다. 그때 대야의 수면 위에 보이지 않는 손이 스친 듯 동그란 소용돌이가 생겼다. 물결은 조각상 쪽으로 아주 천천히 기어들었다. 동시에 라디오를 켜지 않았는데도 벽에서 미세한 잡음이 흘러나왔고, 일정한 간격으로 톡톡 두드리는 소리가 들렸다. 그 리듬은 낮게 울리는 파도와 정확히 맞아들었다. 라파엘이 숨을 고르고 눈을 들어 조각상의 얼굴을 보았을 때, 감겨 있던 눈꺼풀이 아주 얇게 떨리며 밤의 빛을 삼키는 듯 보였다. 그 순간 바깥의 개들이 동시에 울음을 멈추었고, 먼바다에서 날아온 은빛 물떼새 떼가 부두 난간에 앉아 고개를 기울였다.

다음 날 새벽, 해류가 바뀌는 시간에 라파엘은 조각상을 모래사장으로 끌고 나가 바다를 바라보게 놓았다. 옆으로 누운 조각상의 그림자는 파도에 젖지 않은 채 길게 뻗어 있었다. 해가 떠오르자 그림자는 마치 가느다란 바늘처럼 한 방향을 가리켰다. 라파엘이 조각상의 밑면을 들어 올리자 손바닥에 닿는 부분마다 아주 미세한 홈이 연속으로 이어져 있었다. 모래 위에 찍히는 무늬는 단순한 흔적이 아니었고, 화살표처럼 의미를 담고 있었다. 같은 시각 바다 위에는 플랑크톤의 푸른 발광이 나타나 화살표가 가리킨 수역을 따라 길게 켜졌다 꺼졌다. 물결은 그 선을 따라 부서지지 않고 미끄러졌고, 파도선은 마치 궁전의 회랑처럼 평평하게 열렸다 닫히며 숨을 쉬었다.

정오 무렵 해류가 다시 밀려들면서 작은 금빛 파편들이 모래톱으로 쓸려 올라왔다. 사람들은 그것들을 조심스럽게 모아 조각상의 옆에 두었다. 놀랍게도 파편들은 서로 이끌리는 돌멩이처럼 미세하게 움직이며 상의 어깨와 허리의 빈 틈에 스스로 자리를 찾아 들어갔다. 닿는 순간 아주 낮은 종소리 같은 진동이 퍼져 나갔고, 골목의 유리창이 살짝 울렸다. 조각상의 가슴 부분에서 느리게 박동하는 온기가 번져나갔다. 아이들은 그 주위를 돌며 잠든 아기를 어르는 노래를 흥얼거렸다. 누구도 노래를 가르친 적이 없었지만, 그 가락은 바다의 리듬과 하나가 되어 흘렀다. 멀리 오래된 등대의 녹슨 종이 스스로 울렸다.

사람들이 상을 더 바다 가까이에 옮기려 하자 무게는 파도와 함께 변했다. 들어 올릴 수 있을 만큼 가벼웠다가, 다음 순간 모래 속으로 몸을 묻을 만큼 무거워졌다. 라파엘은 동료들과 밧줄을 걸어 배로 끌었다가 밀고를 반복했다. 마침내 화살표가 가리킨 수역에 도착했다. 노를 젓는 동안 바닷물은 조각상의 곁에서 푸른 불꽃처럼 번쩍이며 길을 밝혔다. 물고기 떼는 한 치의 오차도 없이 배를 따라 부드럽게 회전했다. 바다 한가운데 도달했을 때 수면은 유리처럼 평평해졌다. 라파엘이 조각상의 머리를 바다에 담그자 파도는 소리 없이 갈라졌다. 아래에는 나선형 계단처럼 보이는 그림자가 나타났다 사라졌다. 사람들은 서로의 손목을 붙잡은 채 숨을 고르고 어떤 말도 꺼내지 못했다.

결국 라파엘은 그것이 온 자리로 돌려보내야 한다고 느꼈다. 해가 기울 때까지 기다렸다가 상을 조심스레 바다에 놓았다. 금빛 몸은 물 위에서 한 번 떠오른 뒤 아주 천천히, 마치 누군가의 손에 받쳐지듯 수면 아래로 내려갔다. 뒤이어 모래 속에서 줄무늬처럼 펼쳐진 빛이 바깥으로 번져 바다의 피부에 얇은 문양을 새겼다. 부두 난간의 사람들은 어둠이 시작되는 순간 수평선 가까운 곳에서 잠깐 반짝이는 아치형 그림자를 보았다. 그것이 대리석 궁전의 대문인지, 바다의 꿈인지 알 수 없었다. 그러나 모두가 같은 생각을 했다. 바다는 조각상을 통해 길을 열고 있었고, 다음에는 금빛이 아니라 궁전의 심장에서 꺼낸 또 다른 빛이 우리에게 다가올 것이라고.

04
궁전의 중심에서 발견된 빛나는 수정

 바다가 낮잠을 자듯 고요해진 날, 잠수부들은 대리석 계단을 따라 더 깊은 곳으로 내려가 궁전의 중심에 닿았고 그곳은 파도 소리가 닿지 않는 거대한 원형의 방이었으며 천장에서는 석회화 같은 유백빛이 떨어지지 않고 매달려 있었고 바닥의 모자이크는 모래에 잠기지 않은 채 어제 깔아 놓은 것처럼 선명했으며 방의 한가운데에는 기둥도 받침도 없이 물속에 뜬 것처럼 놓인 수정 한 덩이가 있었다. 수정은 얼음처럼 투명하면서도 안쪽에서 새벽 빛이 피어오르는 듯 은은히 밝았고 반짝이는 방향이 사람의 호흡에 반응하듯 천천히 바뀌었으며 가까이 다가갈수록 물이 따뜻해지고 귀 속에서 고요한 진동이 자라나 심장 박동과 겹쳤다. 잠수부가 손전등을 끄자 수정은 스스로 빛을 키웠고 방의 곡선과 기둥의 표면에 얇은 길을 그리며 움직였으며 그 길은 한 번도 가보지 못한 회랑과 계단을 정확한 각도로 가리켰다. 누군가가 장갑 낀 손끝으로 살짝 스쳤을 때 수정 표면에 잔물결이 번져 원형의 방 전체가 숨을 들이키는 듯 미세하게 수축했다. 그 순간 위쪽 바다에서 떨어지던 긴 빛의 칼날들이 모여 하나의 문장처럼 바닥에 눌러앉았다.

 수정의 모양은 각이 선명한 결정 같다가도 어느 각도에서는 둥근 씨앗처럼 보였고 표면에는 금빛 실선이 촘촘히 새겨져 있었으며 실선은 멈추지 않고 흘러 서로를 꿰매며 별자리의 뼈대를 그리듯 하나의 도형을 완성했다. 도형이 완성되는 매 순간 방 안의 물결이 바깥 해류와 다른 박자를 만들었고 그 박자는 위에서 내려오는 조류를 밀어내며 잠수부들의 몸을 천천히 한쪽으로

회전시켰다. 손목 게이지는 정상인데 시간 감각이 질감처럼 변해 길어졌다가 짧아졌고 어제의 기억과 지금의 감촉이 한 장면에 포개지며 눈앞이 투명하게 맑아졌다. 수정 속에서는 작은 별가루 같은 입자들이 떠올랐다가 사라졌고 그 입자들은 곧 바닥 모자이크의 유리 조각들과 같은 배열로 내려앉아 새로운 문장을 만들었다. 문장은 읽히지 않았지만 방향은 명확했고 북서쪽과 깊이를 한 번에 가리켰다.

잠수부가 수정 주위를 한 바퀴 돌자 방의 벽이 낮은 종소리로 화답했고 소리는 귀가 아니라 갈비뼈 사이에서 울려 그림자를 얇게 떨게 했으며 그 떨림에 맞춰 근처를 맴돌던 은빛 물고기 떼가 하나의 곡선을 그리며 수정 앞으로 모였다. 물고기들의 비늘은 수정의 빛을 받아 한꺼번에 반짝였고 그 반짝임은 모자이크의 별점 위에 정교하게 놓이며 마치 오래된 기계를 다시 맞물리게 하는 톱니처럼 정확히 맞아들었다. 모자이크 중앙의 작은 원반이 아주 조금 들렸다 내려앉았고 그 틈에서 따뜻한 물이 한 줄 흘러나와 잠수부의 손등을 스쳤으며 그 물은 바닷물보다 가벼워 방 안에서만 떠다녔다. 수정은 그 물을 빨아들이듯 빛을 낮추었다가 곧 더 밝게 살아났고 그 밝아짐의 속도는 북소리의 리듬과 비슷했다. 그때 멀리서 계단의 어둠이 한 칸씩 흐릿해지다 갑자기 깊어졌다.

가장 용감한 잠수부가 고개를 들이밀자 수정은 그 얼굴을 한 번 비추고는 바로 바다 표면을 비췄으며 비친 수면에는 실제의 파도 대신 밤하늘이 거꾸로 깔려 있었고 낯선 별자리 몇 개가 한 줄로 이어져 바다 위에 얇은 다리를 놓았다. 그는 그때 자신이 들었던 속삭임이 단어가 아니라 방향이었다는 것을 이해했고 입을 열어 아무 말도 내지 않으면서도 몸으로 그 명령을 따라 한 걸음 깊은 곳으로 기울었다. 수정은 그 움직임을 기록하듯 금빛 실선을 새로 그으며 방의 기둥에 같은 선을 복제했고 복제된 선은 천장으로 올라가 오래 잠든 샹들리에 같은 석화의 가장자리를 깨워 빛의 물방울을 떨어뜨렸다. 물방울은 바닥에 닿지 않고 허공에서 사라졌고 사라진 자리마다 작은 진공이 생겨 주변의 물을 당겼으며 그 당김은 길이 열릴 때만 나타나는, 사원의 호흡과 똑같은 박자였다. 잠수부의 눈동자에는 두 개의 시간이 겹쳐 보였고 그는 그 겹침이 문턱임을 알았다.

 그들은 수정의 일부를 떼어 보려 하지 않았다. 수정이 방의 심장처럼 뛰는 모습을 본 뒤로 그것을 훼손한다는 상상만으로도 물이 차갑게 식었고 방도 깊게 가라앉았기 때문이다. 대신 작은 실험을 했고 수정 아래 바다의 별점 하나를 손등으로 가리자 수정이 미세하게 기울며 같은 방향으로 빛을 굴절시켰고 굴절된 빛은 계단 아래, 어둠의 무게가 가장 무거운 곳을 짚었다. 동시에 바깥 바다에서 해류가 한 번 뒤집혔고 연안의 플랑크톤 발광선이 지형을 따라 꺼졌다 켜지며 수면 위에 커다란 타원의 윤곽을 그렸다. 그 윤곽은 라파엘이 금빛 조각상을 바다로 돌려보낼 때 잠깐 보았던 아치형 그림자와 정확히 포개졌고 그 포갬은 우연이 아니라 약속처럼 느껴졌다. 수정은 바다와 땅과 시간을 동시에 가리키고 있었다.

상승을 서두르던 잠수부의 장갑 안쪽에 얇은 빛의 가루가 들러붙어 수면 위로 함께 올라왔고 배 위에서 장갑을 벗기는 순간 가루는 하나의 작은 조각으로 응고되어 어린 조개만 한 투명한 파편이 되었다. 파편을 손전등으로 비추자 선실의 벽에 궁전 중심 방의 지도가 축소되어 나타났고 지도는 살아 있는 것처럼 미

세하게 움직이며 방의 입구와 수정의 위치, 그리고 북서쪽으로 뻗는 긴 회랑의 방향을 보여주었다. 밤이 오자 파편은 더 조용해졌고 배의 돛줄을 타고 전해지는 바람의 떨림에만 반응하여 순간적으로 밝아졌다가 어두워졌으며 그 점멸은 해안의 등대와 보폭을 맞추었다. 누구도 그 파편을 훔치려 하지 않았고 라파엘은 마을 회관의 오래된 유리 진열장에 작은 그릇을 놓아 파편을 눕혀두었다. 파편이 가끔 잠에서 깨어나듯 번쩍일 때마다 아이들이 창문으로 몰려와 숨을 죽였다.

마지막으로 깊은 밤 달이 수면에 길게 눕는 시간이 오자 파편과 수정은 서로의 존재를 알아보는 듯 바다와 마을 사이에 얇은 빛의 줄을 걸었고 줄은 끊어지지 않은 채 파도 위로 매끄럽게 흔들리며 궁전의 중심을 다시 가리켰다. 라파엘은 바다를 향해 조용히 고개를 끄덕였고 잠수부는 다음 물때를 손가락으로 세며 각자의 박동을 맞췄다. 그들은 알았다. 수정은 보물도 장식도 아니고 궁전의 심장이고 문을 여닫는 요철이며 기억을 불러내길 기다리는 씨앗이라는 것을. 궁전은 아직 완전히 깨어나지 않았고 수정의 빛은 그 깨어남의 첫 번째 호흡일 뿐이라는 것을. 파도는 그 대답에 맞춰 한 번 길게 물러났다가 아무 소리도 내지 않고 돌아왔고 여명은 아주 천천히 수평선 위에 젖어 올라왔으며 바다는 새 이야기를 들려주기 위해 다시 숨을 모으고 있었다.

05

대리석 바닥에 새겨진 이상한 문장

 쿠바 앞바다의 궁전 깊숙한 회랑을 따라 들어간 잠수부들이 처음 맞닥뜨린 것은 정교하게 깎아 놓은 듯한 대리석 바닥이었다. 표면은 수천 년의 물결에 닳아 있었지만 여전히 반듯하게 반짝였고, 그 위에는 낯선 문장이 길게 이어져 있었다. 모래에 덮이지 않고 살아남은 글자들은 단순한 곡선과 직선이 아니라, 마치 별빛을 이어 만든 궤적 같았다. 그것은 알 수 없는 언어였지만 동시에 단순한 장식으로 보이지도 않았다. 빛이 비추는 각도에 따라 글자는 조금씩 다른 그림자를 드리웠고, 그것이 문장 자체를 살아 움직이는 것처럼 보이게 했다. 잠수부 중 한 명은 손전등을 끄고 수정 파편의 빛을 비추었고, 그 순간 글자들이 부드럽게 빛을 받아 서로 이어지며 하나의 별자리 모양으로 변해갔다.

 그들은 곧 이 문장이 단순한 기록이 아니라 지도를 품고 있음을 깨달았다. 각 글자의 모서리에는 미세한 홈이 있었고, 그 홈들은 연결되면서 바다 전체에 거대한 원형 구조를 드러냈다. 원형의 중심은 바다의 한가운데를 가리키고 있었고, 둘레에는 규칙적으로 반복되는 곡선이 새겨져 있었다. 곡선은 파도의 흐름과도 닮아 있었고, 천체의 공전 궤도를 닮기도 했다. 잠수부들은 숨을 고르며 바다 위를 따라 움직였다. 발이 닿는 곳마다 묘한 진동이 울려 퍼졌고, 그 진동은 손목 시계를 흔들 정도로 강해졌다. 놀라운 것은, 그 진동이 인간의 심장박동과 어딘가 닮아 있었다는 점이었다.

시간이 지날수록 대리석 바닥에 새겨진 문장은 또 다른 비밀을 드러냈다. 한 줄의 글자를 따라가다 보면 그 끝에서 작은 구

멍이 나타났고, 그 구멍에서 미세한 거품이 새어 나왔다. 거품은 곧 물속에서 작은 빛을 품었고, 그것이 하나둘 모여 별자리 같은 형상을 이루었다. 잠수부들이 서로 눈빛을 교환했을 때, 그 별자리 형상은 바다의 문장과 완벽히 겹쳐졌다. 이는 단순한 돌에 새겨진 무늬가 아니라, 물과 빛과 시간까지 활용한 정교한 장치였다. 그곳에서만 작동하는 비밀의 언어였고, 사람들은 그것을 읽을 수 없었지만 이해할 수는 있었다. 그것이 길을 가리킨다는 것을.

라파엘은 바닥의 중심부에 무릎을 꿇고 손을 댔다. 순간 그의 손바닥에 뜨거운 기운이 스며들었고, 그 기운은 팔을 타고 심장까지 올라갔다. 심장은 곧 문장의 박자와 같은 속도로 두근거렸고, 그는 마치 자신이 대리석과 같은 리듬으로 호흡하는 듯한 착각에 빠졌다. 그때 수정 파편이 주머니 안에서 스스로 반짝였고, 주머니 밖으로 빛을 흘려내며 바다 문장과 공명했다. 빛은 구멍을 따라 흘러내려가더니 바다 전체에 얇은 막을 덮었다. 막은 잠깐 동안 하나의 장면을 비췄다. 그것은 바다 위의 하늘이었고, 별자리들이 평소와는 다른 위치에서 이어지고 있었다.

그 장면 속에서 별들은 천천히 움직이며 하나의 문양을 이루었고, 그것은 바다 지형과 정확히 겹쳐졌다. 대리석 바닥의 문장은 곧 지도였으며, 하늘의 별과 바다의 흐름을 동시에 기록한 설계도였다. 이 지도는 단순히 위치를 가리키는 것이 아니라, 바다가 숨 쉬는 시간과 맞물려야만 나타나는 길을 알려주고 있었다. 라파엘은 그 길이 궁전의 깊은 심장으로 향하고 있다는 것을 직감했다. 그러나 동시에 알 수 없는 두려움이 스며들었다. 길은 분명 존재했지만, 그 끝에 무엇이 기다리고 있을지는 아무도 알 수 없었다.

잠수부 중 한 명이 작은 나침반을 꺼냈다. 나침반은 미친 듯 바늘을 흔들더니, 이내 문장이 가리키는 방향에 멈췄다. 나침반은 정상적으로 작동하지 않는 듯 보였지만, 동시에 문장의 힘에 굴복한 듯 정확히 한 곳을 지시하고 있었다. 잠수부들은 숨을 고르며 서로를 바라봤다. 그 순간 바닥에서 다시 한번 미세한 진동이 올라왔다. 이번에는 이전보다 강했고, 그 위에 선 사람들의 무릎이 흔들릴 정도였다. 진동은 점점 커졌다가 이내 멎었고, 그 자리에 잔잔한 고요만 남았다. 그러나 고요 속에도 분명히 메아리가 남아 있었다. 그것은 한 목소리 같았고, 오래전 누군가의 언어가 바닥에서 아직 살아 있다는 증거였다.

밤이 되자 그들은 다시 수면 위로 올라왔다. 그러나 눈을 감을 때마다 바닥의 문장이 떠올랐다. 그것은 단순한 돌 위의 흔적이 아니라, 살아 있는 생명체처럼 계속해서 움직이고 있었다. 라파엘은 생각했다. 바다는 왜 이 문장을 우리에게 보여주었을까. 그리고 그 문장은 왜 아직 지워지지 않고 남아 있었을까. 그는 알았다. 대리석 바닥은 궁전의 일기장이었고, 그 문장은 아직 끝나지 않은 기록이었다는 것을. 바다는 사람들에게 단서를 내주었고, 이제 남은 것은 그들이 그 길을 따라갈 용기를 내는 것이었다.

⑥
해저에서 울린 종소리

바다는 언제나 고요 속에서 무언가를 숨기고 있다가 아주 가끔, 누구도 예상하지 못한 순간에 깊은 심장을 드러내곤 한다. 그날도 바닷속은 평온해 보였으나, 궁전 바닥에 새겨진 문장을 따라 내려간 잠수부들이 느낀 것은 단순한 고요가 아니었다. 갑자기 사방이 차가운 진동으로 흔들리더니, 그 진동 속에서 '둥…' 하는 낮고 묵직한 종소리가 울려 퍼졌다. 그것은 금속이 부딪혀 울리는 단순한 소리가 아니라 바다 전체가 깊게 울려내는 공명에 가까웠다. 종소리는 멀리서 들려오는 듯하면서도 동시에 머릿속 바로 옆에서 웅웅거렸고, 잠수부들은 서로 눈빛을 교환하며 산소 호흡기 너머로 고동치는 가슴을 느꼈다.

소리는 한 번 울리고 멈추지 않았다. 일정한 간격으로 반복되며, 마치 시간을 세어 내려가는 카운트다운 같았다. 처음 몇 번은 단순히 울림으로만 들렸지만, 이내 그 안에서 규칙적인 리듬이 느껴졌다. 그것은 단순한 음이 아니라 문장이었다. 그러나 그 문장은 귀로 듣는 것이 아니라 뼛속과 피부로 새겨졌다. 잠수부 중 한 명은 자신의 다이빙 기록기에 무심코 숫자를 적기 시작했는데, 그것이 곧 종소리와 일치하는 패턴을 보여주었다. 종소리가 울릴 때마다 그의 손끝은 자동으로 움직였고, 기록된 숫자들은 바다 속의 별자리 문양과 겹쳐졌다.

 종소리가 울릴수록 바닷물의 흐름은 바뀌었다. 파도가 없는 해저였는데도 물결이 일어났고, 그 물결은 잠수부들을 부드럽게 한쪽으로 밀어내며 궁전 깊은 곳으로 안내했다. 놀라운 것은 그 물결이 부드럽지만 강력해서, 아무리 몸을 고정해도 결국엔 같은 방향으로 떠밀려갔다는 점이다. 마치 종소리가 바닷물에 길을 내고 있는 듯했다. 시야 끝에는 희미한 원형의 기둥이 드러났고, 기둥마다 균일하게 새겨진 홈이 있었다. 종소리가 울릴 때마다 그 홈에서 작은 거품이 터져 나왔고, 거품은 물 위로 올라가며 순간적인 불빛을 냈다. 그 불빛들이 모이면, 곧 바다 위에서 바라본 하늘의 별자리와 같은 모양이 완성되었다.

잠수부들은 점점 더 소리에 매혹됐다. 종소리가 울릴 때마다 온몸은 바다와 같은 맥박을 쳤고, 심장 박동이 자연스럽게 그 울림에 동화되었다. 그러자 인간의 호흡과 바다의 호흡이 하나로 이어진 듯, 물은 더 이상 무겁게 느껴지지 않았다. 잠수부 중 한 명은 환각처럼 자신이 바다 위에서 종을 직접 치고 있는 장면을 보았다. 하지만 손에는 어떤 쇠망치도 없었고, 종 역시 실제로 존재하지 않았다. 그럼에도 울림은 계속되었고, 그 울림은 그들을 점점 더 깊숙한 회랑 쪽으로 이끌었다.

그러나 소리는 단순한 유혹이 아니었다. 어느 순간, 종소리의 간격이 바뀌었고 울림이 점점 빠르고 날카롭게 변했다. 그것은 마치 경고 같았다. 물고기 떼가 갑자기 흩어지며 그림자 속으로 숨었고, 산호초의 미세한 촉수들이 일제히 몸을 오므렸다. 잠수부들은 자신도 모르게 몸을 움츠렸다. 종소리가 단순히 길을 가리키는 것이 아니라, 무언가를 막아내거나 봉인하는 소리일 수 있다는 두려움이 몰려왔다. 바다는 그 두려움을 증폭시켰고, 그 순간 물은 갑자기 무거워지며 사방에서 압력이 쏟아졌다.

라파엘은 호흡을 가다듬고 수정 파편을 꺼내 들어 빛을 비췄다. 놀랍게도 종소리는 잠시 멎었고, 파편 안쪽에서 작은 빛줄기가 번쩍였다. 빛줄기는 바닥의 문장과 기둥의 홈을 따라 흘렀고, 그 순간 종소리는 다시 울렸으나 이번에는 훨씬 부드럽고 따뜻했다. 그것은 경고가 아니라, 마치 환영 인사처럼 들렸다. 종소리가 부드럽게 변하자 물고기들이 다시 돌아왔고, 물은 고요를 되찾았다. 라파엘은 깨달았다. 종소리는 외부에서 침입하는 자들을 구별하는 신호였고, 그 신호에 응답해야만 진정한 길이 열린다는 것을.

수면 위로 돌아온 잠수부들은 그날 밤 종소리를 잊지 못했다. 귀에는 아무 소리도 없었지만, 뼛속에는 여전히 낮은 울림이 남아 있었다. 그것은 단순히 해저에서 울린 금속의 메아리가 아니었다. 그들은 느꼈다. 바다 깊숙한 곳, 대리석 궁전의 심장에는 여전히 살아 있는 종이 있고, 그 종은 누군가가 찾아오기를 기다리고 있다는 것을. 그리고 언젠가 그 종이 마지막으로 울릴 때, 바다는 단순한 바다가 아닌 또 다른 세계로 문을 열 것이라는 것을.

07
미로처럼 얽힌 궁전의 복도

 미로는 입구부터 숨을 죽이게 만들었다. 대리석 궁전의 복도는 일직선으로 뻗다가 어느 순간 부드러운 곡선으로 꺾였고, 꺾이는 자리마다 얇은 빛의 막이 물결처럼 흔들렸다. 라파엘과 잠수부들은 복도 바닥의 별문양을 따라 움직였고 발끝이 문양의 중심을 스치면 벽에서 낮은 숨소리 같은 진동이 흘러나왔다. 그 진동은 종소리의 잔향과 같은 박자로 이어졌고 어제 들었던 울림이 오늘의 길을 정하는 듯 손목의 맥을 붙잡았다. 물은 무겁지 않았고 오히려 우리를 부드럽게 끌어당겼다.

 복도는 넓어졌다가 갑자기 좁아지며 천장의 높이도 함께 바뀌었고 어떤 곳에서는 하늘처럼 높아졌다가 다음 구간에서는 머리 바로 위까지 내려왔다. 천장 틈 사이에서 작은 구슬 같은 빛이 떨어졌고 빛은 바닥에 닿기 전에 사라지며 동심원 모양의 흔적만 남겼다. 그 흔적을 밟을 때마다 복도 옆의 벽화가 아주 잠깐 살아 움직였고 물고기와 새와 인간의 얼굴이 서로로 변신하며 우리를 바라봤다. 잠수부 하나가 장난처럼 손전등을 껐다 켰고 그 순간 벽화의 눈동자가 우리 뒤쪽을 가리키는 것을 보았다. 모두가 동시에 돌아봤지만 뒤에는 아무것도 없었다.

우리는 길을 잃지 않기 위해 수정 파편을 꺼내 들었다. 파편은 손바닥 위에서 미세하게 떨리며 복도 모서리마다 다른 색으로 반짝였고 색의 순서를 기억하면 교차로에서 어느 쪽으로 꺾어야 할지 자연스레 알 수 있었다. 때로는 왼쪽 복도가 더 밝아 보였지만 파편은 고집스럽게 오른쪽을 가리켰고 그 지시를 따르자 바닥의 별문양이 다시 매끄럽게 이어졌다. 바닥의 별은 지도였고 하늘의 일기였으며 종소리의 악보였다. 박동과 빛과 물의 흐름이 한 장의 악보 위에서 서로의 음자리를 맞추듯 어긋남 없이 맞물렸다.

가장 깊은 구간에서 복도의 벽은 거울처럼 변해 우리 모습을 비췄다. 그러나 비친 우리들은 우리가 아니었고 장비도 옷도 조금씩 달랐으며 누구는 더 어렸다가 누구는 더 늙어 있었다. 라파엘은 거울 속 자신이 손에 들고 있던 것이 수정이 아니라 금빛 조각상의 눈이란 사실을 알아차렸고 그 눈이 아주 천천히 깜박이며 복도 끝을 가리키는 것을 보았다. 거울의 표면이 물결처럼 흔들리며 글자가 떠올랐고 글자는 말이 아니라 방향으로 읽혔다. 우리는 숨을 고르고 거울과 같은 속도로 앞으로 나아갔다.

복도의 공기는 물이지만 물 같지 않았다. 마치 높은 산에서 얇아진 공기를 들이마시듯 폐가 가벼워졌고 말 대신 마음속 말이 서로의 귀로 바로 들어왔다.

"뒤를 보지 마."

라파엘의 생각이 말처럼 또렷이 들렸고 모두가 아무 말도 하지 않았지만 대답은 이미 공유되어 있었다. 오른편에서 바람 같은 물살이 스쳤고 길의 윤곽이 한순간 맑아졌다. 그 틈으로 들어서자 바닥이 살짝 비탈져 몸이 저절로 미끄러졌고 손끝에서 미세한 전류가 튀었다.

길은 끝나지 않았고 끝나는 척을 했다. 막다른 벽이 나타나면 바닥의 별문양이 세 줄로 갈라져 벽 속으로 스며들었고 그때마다 벽이 아주 얇은 종이처럼 접히며 길을 새로 만들었다. 어떤 구간에서는 천장이 낮아져 등을 굽혀 지나가야 했고 어깨가 대리석에 닿는 순간 벽은 차갑지 않고 체온처럼 따뜻했다. 그 온기가 심장의 맥과 닿자 종소리가 두 박자 빨라졌고 수정 파편이 그 박자에 맞춰 깜박였다. 우리는 악보를 읽는 연주자처럼, 길의 음표를 밟으며 전진했다.

마지막 회랑에 이르렀을 때 물은 움직이지 않았고 우리만 움직였다. 회랑의 기둥들은 모두 같은 간격으로 서 있었으나 각 기둥의 그림자는 서로 다른 방향으로 뻗었고 그 그림자 사이에 얇은 문이 몇 겹으로 겹쳐 있었다. 우리는 종소리의 가장 낮은 음이 울릴 때 숨을 멈추고, 가장 높은 음이 올라갈 때 한 걸음 내디뎠다. 계단이 보이지 않았는데 발 밑에 계단이 생겼고 문이 보이지 않았는데 눈앞에서 문이 열렸다. 미로는 우리를 시험하지 않았고 우리가 미로의 호흡을 배울 때까지 기다렸을 뿐이었다. 그리고 복도의 끝에서, 다시 한 번 종이 울렸다. 그것은 경고가 아니라 초대였고, 그 초대의 마지막 음절이 사라지자 앞쪽 어둠이 아주 얇은 금빛으로 가르어졌다. 우리는 알았다. 다음 장은 궁전의 중심을 지나 더 깊은 곳, 아직 이름도 붙지 않은 바다의 방으로 이어져 있다는 것을.

08
돌연 잠수부를 삼킨 해류

 쿠바 앞바다의 바다는 언제나 변덕스러웠지만, 그날은 달랐다. 평온하게 보이던 수면 아래에서 갑자기 해류가 방향을 틀었고, 그것은 단순한 물살이 아니라 살아 있는 존재처럼 의지를 품고 있었다. 라파엘과 동료들은 대리석 궁전의 복도 끝자락에서 회수를 준비하던 중이었다. 그러나 한 잠수부가 뒤로 밀려나더니 순식간에 몸이 휘말려 들어갔다. 그 물살은 보이지 않는 손처럼 그의 팔과 다리를 단단히 붙잡았고, 그가 발버둥칠수록 더 깊이 아래로 당겨갔다. 산소통의 거품이 미친 듯이 솟구쳐 올랐지만, 잠수부의 몸은 그 속에서 점점 작아졌.

 남은 사람들은 당황해 밧줄을 풀어내려 했지만 해류는 이미 다른 차원의 길을 열고 있었다. 그것은 단순히 아래로 가라앉는 것이 아니라, 바다 속에 숨어 있던 또 다른 회랑으로 빨려 들어가는 것 같았다. 물살은 규칙적으로 움직였고, 그 리듬은 전날 울렸던 종소리와 닮아 있었다. 종소리가 사라진 자리에서 해류가 새어 나와, 미처 준비되지 않은 자를 삼켜 버린 듯했다. 잠수부의 몸은 사라지고 남은 것은 뒤엉킨 거품과 빛나는 잔광뿐이었다. 그 잔광은 몇 초 동안 별자리 모양을 그리더니 이내 흩어졌다.

라파엘은 본능적으로 수정 파편을 꺼냈다. 그러나 파편은 아무 빛도 내지 않았다. 오히려 손바닥 위에서 무겁게 가라앉아, 마치 더 이상 바다의 호흡과 맞지 않는 물건처럼 느껴졌다. 그는 그 순간 깨달았다. 해류는 단순한 사고가 아니라 선택이었다는 것을. 바다는 누군가를 데려가야만 길을 열었고, 그 길은 인간의 의지가 아니라 바다의 법칙에 의해 결정되는 것이었다.

다른 잠수부들은 공포에 휩싸였다. 어쩌면 다음은 자기일지도 모른다는 생각이 들었고, 그 두려움은 물속에서 더욱 크게 증폭됐다. 그들은 부유하며 서로의 팔을 잡았지만, 아무도 목소리를 낼 수 없었다. 목소리는 물에 흩어졌고, 오직 심장만이 바다의 박자에 맞춰 두근거렸다. 그 두근거림조차 해류와 같은 리듬을 이루자, 모두가 잠시 자신이 삼켜질 차례를 기다리는 것 같았다.

그러나 해류는 더 이상 아무도 삼키지 않았다. 오직 한 명만을 데려가고, 바다는 다시 고요를 되찾았다. 고요는 더 무거웠다. 사라진 자의 흔적은 바다에 남은 장비뿐이었고, 그 장비는 해초에 걸려 천천히 흔들렸다. 산소통에서 흘러나온 기포는 바닥의 대리석 문양에 닿자마자 꺼졌고, 그것은 마치 그의 생명이 바다에 흡수된 마지막 장면 같았다.

라파엘은 남겨진 장비를 수거하며 눈을 감았다. 그러나 눈을 감은 순간, 사라진 동료의 모습이 어둠 속에서 다시 떠올랐다. 그는 공포에 질린 얼굴이 아니라, 오히려 평온하게 웃고 있었다. 마치 바다의 품에 안겨 안도한 사람처럼 보였다. 그 미소는 종소리와 같은 울림으로 라파엘의 가슴에 남았다. 해류는 그를 삼킨 것이 아니라 다른 길로 인도한 것일지도 모른다는 생각이 스쳤다.

수면 위로 돌아왔을 때, 바다는 아무 일도 없었다는 듯 잔잔했다. 그러나 모두가 알았다. 해류는 단순히 물살이 아니었고, 대리석 궁전의 살아 있는 입구였다. 그리고 그 입구는 인간이 아닌 바다의 선택으로 열리고 닫힌다는 것을. 라파엘은 마지막으로 파편을 쥐며 다짐했다. 언젠가 그가 사라진 곳으로 다시 내려가야만 할 것이다. 그리고 그곳에는 바다가 감춘 또 다른 진실이 기다리고 있을 것이다.

5장

아마존 밀림 반복되는 하루

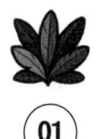

⑴
같은 새소리로 시작되는 아침

 아마존의 아침은 언제나 신비롭다. 그러나 이 마을에서 맞는 새벽은 더 이상 단순히 자연의 시작이 아니었다. 날이 밝기도 전, 숲속 깊은 곳에서 울려 퍼지는 한 줄기의 새소리가 매일 정확히 같은 시각, 같은 음률로 반복되었다. 그것은 숲의 합창과는 달리 단 하나의 음성처럼 고요를 깨뜨렸고, 마을 사람들은 이 소리에 눈을 떴다. 아이들이 기지개를 켤 때도, 어른들이 불을 지필 때도, 개들이 잠에서 깰 때도, 변함없이 그 새소리가 배경음악처럼 깔렸다. 처음엔 단순히 우연이라고 생각했지만, 며칠 지나자 누구도 부정할 수 없게 되었다. 아침은 이 소리로 시작되고, 언제나 똑같이 이어졌다.

 마누엘이 시계를 보았을 때 놀라운 사실을 깨달았다. 새소리는 하루도 빠짐없이 같은 시간, 같은 분, 같은 초에 울렸다. 마치 숲속 어딘가에서 정교한 시계추가 작동하듯 정확했다. 그는 친구들과 함께 숲속으로 들어가 소리의 근원을 찾으려 했지만, 소리는 가까워지지 않았다. 걸음을 옮겨도 소리는 일정한 거리에서만 들려왔고, 아무리 다가가도 도달할 수 없는 벽처럼 그들의 앞을 가로막았다. 숲은 점점 빽빽해지고 햇빛은 가지 사이로 잘라졌지만, 새소리의 리듬은 흐트러지지 않았다.

그들은 나뭇가지 위에 새가 앉아 있는 것을 발견했다. 작고 눈빛이 유난히 맑은 새였다. 그러나 눈이 마주친 순간, 새는 날아가지 않고 고개를 갸웃거렸다. 입은 열렸으나 날개는 움직이지 않았고, 마치 새의 울음이 아니라 숲 전체의 숨결처럼 들려왔다. 마누엘은 돌멩이를 던져 보았지만 새는 미동도 하지 않았고, 소리만 계속 흘러나왔다. 그 순간 바람이 잠깐 멎었고, 새소리와 함께 숲속의 모든 잎이 동시에 떨렸다.

마을로 돌아왔을 때, 사람들은 이미 불안에 사로잡혀 있었다. 매일 같은 아침은 기묘한 안정감을 주는 동시에 서서히 미쳐가는 감각을 불러왔다. 아이들은 새소리에 맞춰 노래를 불렀고, 어른들은 손에 쥔 도구를 놓치며 순간적으로 멍해졌다. 모두가 같은 순간에 같은 반응을 보이는 것은 결코 우연일 수 없었다. 어느 날은 마을 광장에서 모두가 동시에 하품을 했고, 다른 날은 동시에 손을 들어 이마를 문질렀다. 그때마다 누구도 먼저 시작하지 않았다는 사실이 두려움을 키웠다.

마누엘은 다시 숲으로 들어갔다. 이번에는 새벽이 아니라 한밤중이었다. 그러나 어둠 속에서도 새소리는 여전히 아침의 리듬을 반복했다. 태양이 뜨지 않았는데도, 숲은 매일의 시작을 강제로 알려주고 있었다. 달빛이 바닥에 비칠 때 마누엘은 믿기 힘든 광경을 보았다. 숲속 고목의 뿌리 위에 수십 마리의 작은 새들이 원을 그리며 앉아 있었다. 그러나 그들 중 누구도 입을 열지 않았고, 소리는 여전히 숲 전체에서 흘러나왔다.

그 순간 마누엘은 자신이 지금 이 순간을 이미 겪었다는 사실을 깨달았다. 손끝의 감촉, 바람의 냄새, 뿌리 위의 그림자까지, 모든 것이 어제와 정확히 같았다. 그리고 무서운 확신이 다가왔다. 이 마을은 매일 같은 아침을 맞이하는 것이 아니라, 같은 하루가 반복되고 있다는 것. 새소리는 단순한 울림이 아니라, 하루의 시작을 리셋하는 신호였다.

 마을로 돌아온 그는 이 사실을 말하지 못했다. 모두가 이미 알고 있었기 때문이다. 그러나 아무도 입에 담지 않았다. 아침마다 반복되는 새소리는 마치 규칙이었고, 그 규칙을 어기면 어떤 일이 벌어질지 알 수 없었다. 사람들은 두려움 속에서 하루를 살았지만, 동시에 그 하루가 다시 반복될 것을 알았다. 같은 새소리로 시작하는 아침은 축복일 수도, 끝나지 않는 저주일 수도 있었다.

02
시계가 멈춘 마을 광장

 아마존 밀림 깊숙한 마을의 광장은 한낮에도 묘한 적막을 품고 있었다. 사람들은 장터를 열고 아이들은 뛰놀았지만, 그 모든 풍경의 한가운데 세워진 시계탑은 늘 같은 자리를 가리키고 있었다. 시계의 바늘은 아침의 어느 순간에 멈춰 있었고, 아무리 시간이 흘러도 움직이지 않았다. 마누엘은 처음엔 단순히 고장이라 생각했지만, 마을 사람들 누구도 시계를 고치려 들지 않는다는 사실을 깨달았다. 오히려 모두가 바늘이 멈춰 있는 것을 당연하게 받아들이는 듯 보였고, 그 무심한 태도 속에 섬뜩한 체념이 배어 있었다.

 마누엘은 의문을 참지 못하고 시계탑에 올라가 바늘을 직접 확인했다. 가까이에서 본 바늘은 금속이 아니라 바위처럼 단단히 굳어 있었다. 손으로 힘을 줘도 미동조차 하지 않았고, 더 강하게 밀자 손끝에서 이상한 떨림이 전해졌다. 그것은 마치 심장 박동처럼 규칙적이었고, 귀에는 들리지 않았지만 뼈와 혈관을 타고 전해져 왔다. 그는 순간적으로 소스라치며 손을 뗐고, 그 떨림은 여전히 손바닥 속에서 잔향처럼 남아 있었다.

광장 바닥에는 기묘한 흔적이 있었다. 사람들의 발자국이 매일같이 새겨지는 듯 보였으나, 자세히 보면 언제나 같은 자리에 같은 모양으로 남아 있었다. 아이들이 뛰어다니며 발을 구를 때마다 새 발자국이 생기지 않고, 이미 찍힌 자국이 다시 짓눌릴 뿐이었다. 상인들이 짐을 나르며 왔다 갔다 했지만, 그림자조차 같은 궤도를 따라 반복되었다. 마누엘은 이 사실을 깨달은 순간 온몸에 소름이 돋았다. 광장 자체가 마치 무대처럼 정해진 동작을 끝없이 반복하는 거대한 시계 장치 같았다.

밤이 되자 그는 다시 광장을 찾았다. 불빛이 꺼지고 적막이 내려앉은 시간에도 시계탑은 은빛 달빛을 받으며 서 있었다. 그때 그는 멈춘 바늘이 아주 미세하게 흔들리는 것을 보았다. 그 흔들림은 움직임이라기보다는 빛이 굴절되는 착각 같았지만, 바늘이 남긴 희미한 흔적은 별자리의 배열을 닮아 있었다. 그는 노트에 그 흔적을 옮겨 적었고, 그것이 북쪽 하늘의 별무리와 일치한다는 것을 알아차렸다. 시계는 단순히 시간을 알려주는 도구가 아니라, 다른 세계의 신호를 비추는 장치일지도 모른다는 의심이 머릿속을 스쳤다.

다음 날 아침, 그는 이 사실을 마을 사람들에게 알리려 했다. 그러나 모두가 눈길을 피했다. 그들의 눈빛은 이미 모든 것을 알고 있다는 듯했고, 동시에 아무것도 듣고 싶지 않다는 거부감으로 가득했다. 아이들은 새소리에 맞춰 노래를 불렀고, 어른들은 손에 쥔 도구를 놓치며 같은 동작을 되풀이했다. 누구도 시계가 멈춰 있다는 사실을 문제 삼지 않았고, 그것은 오히려 마을의 규칙처럼 굳어져 있었다.

마누엘은 광장에서 점점 벗어나고 싶어졌다. 하지만 발을 내디딜 때마다 바닥에서 메아리처럼 울리는 감각이 따라붙었다. 그것은 그가 이미 같은 자리를 수십 번, 수백 번 밟았음을 증명하는 것 같았다. 그 울림은 점점 무거워져 귀가 아닌 가슴을 짓눌렀고, 그는 숨을 고를수록 더욱 압박을 받았다. 마치 광장이 그를 붙잡고 다시 하루의 시작으로 되돌리려는 듯했다.

결국 그는 진실을 받아들일 수밖에 없었다. 시계탑은 고장 난 기계가 아니라, 이 마을에 내려진 보이지 않는 규칙의 중심이었다. 바늘이 멈춘 자리야말로 하루가 반복되는 지점이었고, 사람들은 그 안에서 끝없는 윤회를 살아가고 있었다. 멈춘 시계는 죽은 것이 아니라 완벽한 운동을 하고 있었고, 그 운동은 결코 앞으로 나아가지 않는 원이었다. 마누엘은 광장에 서서, 시간은 흐러가지 않고 단지 같은 자리에서 맴돈다는 무서운 진실을 직감했다.

03
마을 사람들의 똑같은 대화

 밀림 속 마을의 하루는 단순히 같은 사건이 반복되는 것이 아니었다. 그 안에서 대화조차도 어제와 똑같이 흘러갔다. 마누엘은 처음엔 우연이라 생각했지만, 시간이 지날수록 대화의 흐름이 기이하게 반복되는 것을 깨닫게 되었다. 광장에서 만난 상인은 늘 같은 말로 인사를 했고, 아이들은 늘 같은 장난을 치며 같은 웃음을 터뜨렸다. 아무리 다른 질문을 던져도 대답은 정해진 길로 돌아왔고, 그 순간마다 마누엘은 어제와 오늘, 그리고 내일이 한 몸처럼 연결되어 있다는 섬뜩한 감각에 사로잡혔다.

 그는 아침마다 우물을 길러오는 여인에게 다른 질문을 던져보았다. 그러나 여인은 언제나 같은 웃음으로 똑같은 대답을 했다. 마누엘은 다시 말을 바꿔서 물었지만, 그녀는 아무렇지 않게 처음 했던 말로 되돌아갔다. 마치 배우가 대본을 벗어나지 못하듯, 사람들은 이미 정해진 대사를 말하고 있었던 것이다. 심지어 아이들이 내는 웃음소리의 간격조차 일정했고, 발을 구르는 박자까지 어제와 정확히 같았다. 마누엘은 그 순간 눈앞에 있는 사람들이 진짜 사람이 아니라 살아 있는 인형이라는 착각에 빠져들었다.

저녁 무렵 모닥불 주위에 사람들이 모였을 때도 마찬가지였다. 불길은 어제와 같은 높이로 타올랐고, 이야기의 시작도 어제와 같은 노인의 목소리였다. 노인은 늘 같은 이야기를 반복했고, 주변 사람들은 같은 곳에서 웃음을 터뜨리고 같은 표정으로 고개를 끄덕였다. 마누엘은 그 자리에 앉아 있으면서 점점 숨이 막혀 왔다. 그는 손바닥에 상처를 내어 피가 나는 것을 확인하며, 적어도 자신만큼은 다른 흐름에 존재한다는 것을 증명하려 했다. 그러나 눈앞의 사람들은 상처 따윈 보지 못한 듯 여전히 같은 말을 이어갔다.

그는 어느 날 아침, 친구 미겔을 붙잡고 일부러 전혀 다른 질문을 던졌다. 그러나 미겔의 입에서 나온 말은 어김없이 어제 들었던 대답이었다. 놀라운 것은 그가 무의식적으로 다시 같은 말투로 질문을 하고 있었다는 사실이었다. 마누엘은 입을 막고 눈을 감았다. 혹시 자신도 이미 대본 속 인물이 되어가고 있는 건 아닐까 하는 두려움이 온몸을 훑었다. 순간적으로 그는 자기 목소리마저도 어제와 똑같이 울리고 있다는 소름을 느꼈다.

밤이 깊어지자 그는 홀로 광장을 떠돌았다. 달빛에 비친 집들의 그림자는 모두 같은 각도에서 같은 모양을 그리고 있었다. 창문 뒤에서 들려오는 대화 소리는 처음엔 속삭임처럼 불규칙한 듯 보였지만, 귀를 기울이자 어제와 똑같은 말이 반복되고 있었다. '내일은 비가 오겠지.' '아이들이 또 웃겠지.' 같은 구절들이 틀에 박힌 기도문처럼 흘러나왔다. 마누엘은 도망치듯 고개를 돌렸지만, 돌아선 길에서도 똑같은 목소리가 따라왔다.

그는 이 마을에서 대화란 단순한 의사소통이 아니라, 하루의 반복을 유지하는 장치라는 것을 직감했다. 사람들은 스스로 의지를 갖고 말하는 것이 아니라, 반복되는 하루에 맞춰 대사를 내뱉는 것뿐이었다. 마누엘이 새로운 질문을 던질수록 세계는 더욱 강하게 그를 원래 자리로 되돌리려 했다. 대답은 언제나 원래 정해진 길로만 이어졌고, 결국 그의 목소리마저 그 길에 얽히고 있었다.

마누엘은 절망 속에서 깨달았다. 이 마을의 사람들은 살아 있는 듯 보였지만, 사실은 끝없는 반복을 위한 인형이었다. 그들의 대화는 새소리와 시계탑의 바늘처럼 매일 같은 시작과 끝을 품고 있었다. 그리고 자신만이 유일하게 다른 흐름 속에 있다고 믿었지만, 이미 그의 입에서조차 같은 대사가 흘러나오기 시작했다. 그는 스스로가 이 마을의 일부가 되어가는 순간을 느꼈고, 더 이상 그것을 막을 방법이 없다는 사실에 온몸이 차갑게 굳어갔다.

매일 반복되는 폭우와 무지개

 아마존 마을의 하루는 새소리와 시계탑의 정지된 바늘로 시작되었지만, 정오가 다가오면 어김없이 하늘이 무너지는 듯한 폭우로 이어졌다. 빗줄기는 언제나 같은 시각에 떨어졌고, 같은 강도로 땅을 두드렸다. 마누엘은 처음에는 단순한 열대우림의 기후라 여겼지만, 곧 그 비가 자연의 변덕이 아닌 무언가의 규칙임을 알아챘다. 폭우가 내릴 때마다 마을 사람들은 같은 동작으로 지붕 밑에 몸을 피했고, 개들은 같은 나무 밑에서 웅크렸으며, 아이들은 같은 순서로 비 속을 달리다 미끄러져 넘어졌다. 그 장면은 어제와 똑같았고, 내일도 다르지 않을 것이 분명했다.

 빗속에서 마누엘은 시선을 들어 하늘을 바라보았다. 이상한 것은 폭우가 내릴 때마다 구름의 모양조차 어제와 같았다는 점이었다. 뾰족한 창처럼 내리꽂히는 구름 가장자리, 그 옆으로 흩어지는 안개, 그리고 하늘을 갈라놓는 검은 줄기까지, 모든 것이 정교하게 복제된 듯 반복되고 있었다. 그는 폭우 속에서 두 팔을 벌리며 다른 움직임을 시도했지만, 자신이 내딛는 발걸음조차 어제의 궤적을 따라가고 있었다. 비는 마치 그를 포함한 모든 존재를 정해진 자리에 되돌려 놓으려는 손처럼 느껴졌다.

폭우가 잦아들면 언제나 같은 자리에서 무지개가 피어올랐다. 놀랍게도 무지개는 하늘에 걸린 빛의 다리가 아니라, 마치 땅에서 솟아오르는 듯 낮게 드리워졌다. 그 시작과 끝은 매번 똑같은 지점이었다. 마을 입구의 고목나무 옆과 강가의 바위 위였다. 아이들은 무지개를 보며 환호했지만, 마누엘은 그 모습마저 반복되고 있음을 알아차렸다. 아이들이 손뼉을 치는 횟수, 환호하는 순서, 심지어 무지개를 가리키는 손짓까지 변함이 없었다. 그것은 더 이상 자연의 신비가 아니라, 연극 무대의 조명 같았다.

그는 무지개의 끝을 찾아가기로 결심했다. 폭우가 그친 직후, 물에 젖은 땅을 딛고 무지개의 시작점으로 다가갔다. 그러나 가까이 다가갈수록 무지개는 물러났고, 발걸음을 멈추면 다시 제자리로 다가왔다. 마치 무지개가 살아 있는 듯, 정해진 선을 넘지 못하게 막고 있었다. 결국 그는 손끝으로 무지개를 스치려 했지만, 빛은 손을 뚫고 지나갔다. 그 순간 손끝에 미세한 전류 같은 감각이 퍼졌고, 귓가에는 폭우와는 전혀 다른 금속성의 울림이 번졌다. 그것은 멀리서 들려오는 북소리 같았지만, 동시에 바로 머릿속을 울리는 소리이기도 했다.

다음 날도 같은 시간에 폭우가 내리고 같은 자리에 무지개가 나타났다. 그러나 이번에는 무지개의 색이 어제와 조금 달랐다. 아주 미세했지만, 노란 빛이 한 겹 더 진해져 있었다. 마누엘은 그것이 단순한 착각이 아님을 알았다. 반복되는 하루 속에서도 아주 작은 변화가 숨어 있다는 것, 그것이야말로 이 마을의 가장 두려운 비밀이었다. 무지개는 매일 같은 모습을 보여주면서도, 보이지 않는 무언가를 축적하고 있었던 것이다.

마을 사람들은 무지개에 대해 언급하지 않았다. 아이들은 웃으며 뛰어다녔지만, 어른들은 눈길을 피했다. 마누엘은 그들의 침묵 속에서 알 수 없는 공포를 느꼈다. 혹시 그들은 이미 무지개의 변화를 알고 있지만, 입 밖으로 꺼내는 순간 무언가가 깨져 버릴까 두려워하는 것은 아닐까. 마누엘은 자신이 홀로 비밀을 알아낸 것이 아니라, 이미 모두가 알고 있는 연극 속으로 늦게 들어온 배우일 뿐이라는 사실에 오싹해졌다.

 그는 마지막으로 무지개가 걸린 자리에 무릎을 꿇고 눈을 감았다. 빛은 여전히 같은 각도로 드리워져 있었고, 물방울은 어제와 같은 박자로 떨어졌다. 그러나 마음속 깊은 곳에서, 오늘의 폭우와 무지개는 어제와 조금 다르다는 확신이 자라났다. 반복되는 하루 속에서도 무언가는 조금씩 달라지고 있었고, 그 작은 차이가 쌓여 결국 모든 것을 바꿀지도 모른다. 하지만 그 변화가 구원일지, 파멸일지는 아무도 알 수 없었다.

05
떠나려다 사라진 여행자

아마존의 마을에 닿은 여행자는 이름을 에스텔라라고 말했다. 마누엘은 그가 낡은 배낭과 손바닥만 한 나침반을 갖고 있다는 사실보다 눈빛의 방향이 언제나 수평선에 고정되어 있다는 점을 먼저 보았다. 시계탑의 바늘이 멈춘 광장을 가로지르던 에스텔라는 내일 떠난다고 여러 번 반복했다. 마을 사람들은 그 말에 아무도 대답하지 않았고, 아이들만 같은 박자로 손뼉을 두 번 치고 같은 타이밍에 웃었다. 그 웃음이 끝나자 숲 깊은 곳에서 동일한 음의 새소리가 한 번 울리고 마을의 공기가 얇게 접히는 듯했다.

에스텔라는 새벽 첫 빛에 길을 택했고 마누엘은 일부러 멀찍이 뒤를 따랐다. 모래 위에 찍히는 발자국은 일정한 간격으로 이어지다 어느 지점에서부터는 어제의 발자국과 정확히 겹쳐졌다.

그 겹침은 마치 누군가 자와 컴퍼스로 그어둔 선처럼 오차가 없었다. 그녀가 길가의 큰 잎을 찢어 표식을 남기자 다음 모퉁이에서 동일한 모양의 찢김이 먼저 기다리고 있었다. 손목시계는 떠나는 시각에서 다시 멈췄고, 나침반은 제자리에서 돌다가 바늘 끝이 북쪽과 남쪽을 동시에 가리키는 이상한 자세로 고정되었다. 숲의 방향은 순간적으로 뒤집히는 착시를 만들었다.

강으로 내려가 배를 타면 다를 거라 생각한 그녀는 얕은 물길에 카누를 밀어 넣었다. 마누엘은 줄을 묶어 유속을 재보았고 줄의 매듭마다 물살이 같은 박자로 떨린다는 것을 확인했다. 강 중앙에 이르면 보이지 않는 둥근 벽에 부딪히는 듯 카누의 뱃머리가 스스로 돌아 나왔다. 노를 반대로 젓는 동안에도 물결은 같은 패턴의 물방울을 던져 올렸다. 정오의 폭우가 시간표처럼 내려친 뒤 언제나 같은 자리에서 무지개가 낮게 걸렸다. 에스텔라는 무지개의 가장 낮은 부분을 스치려 손을 내밀었고, 손끝에 파문이 번지듯 미세한 전류가 스며들며 금속성 울림이 귓속에서 작게 울렸다. 그녀는 뒤로 물러섰고 발걸음조차 어제와 같은 위치에서 멈췄다.

밤에는 길이 바뀔까 해서 시계탑의 그림자가 사라지는 시간을 기다렸다. 그녀는 아무 말 없이 광장을 지나 숲 가장자리의 거목 앞에 섰다. 그때 아이들이 창문 뒤에서 같은 속삭임으로 '내일 비가 오겠지'라고 말했다. 그 반복을 듣는 동안 달빛이 가지 사이에서 같은 모양으로 세 번 부서졌다. 나뭇줄기에는 오래전 누군가가 남긴 칼자국이 규칙적으로 박혀 있었다. 칼자국 사이로 반딧불 무리가 시계의 초침처럼 원을 그리다 한 점에서 멈추었다. 그 점에서 바람이 들이마시듯 한 번 빨려 들어가며 숲의 냄새가 바뀌었다. 흙은 젖은 철의 기운을 내뿜었고 멀리서 들려오는 북소리가 두 박 느려졌다.

에스텔라는 붉은 스카프를 가지 끝에 묶어 길표시를 남겼다. 마누엘은 다음 갈래길에서 같은 스카프가 다섯 장 서로 다른 높이에 달려 있는 것을 보았다. 가까이 가 보니 매듭의 모양이 모두 동일했고 실밥이 튀어나온 각도까지 일치했다. 마치 같은 순간이 다섯 번 겹쳐 재생된 듯 보였다. 그녀가 나뭇바닥에 나뭇가지를 세워 방향표를 만들자 조금 더 앞선 곳에 모양과 각도, 깎인 상처까지 같은 표가 먼저 서 있었다. 공기는 얇아졌고 숨은 깊어졌다. 발목에서는 보이지 않는 끈이 당기듯 무게가 생겼다. 북소리는 다시 한 박 빨라졌고, 멈춰 있던 시계탑의 시간과 맞물리듯 숲은 전체로 미세하게 흔들렸다.

사라짐은 한 번에 오지 않았다. 아주 서서히 몸의 윤곽이 공기 속으로 스며드는 방식으로 시작되었다. 마누엘은 그 과정을 끝까지 보려 했다. 처음에는 발자국이 조금씩 얕아졌다. 이어서 그림자의 진한 가장자리가 흐릿해졌다. 마지막으로 숨소리의 끝음이 숲의 소리와 완전히 겹치며 분간이 사라졌다. 에스텔라는 뒤돌아보지 않았고 손을 들지도 않았다. 다만 '내일 떠난다'라는 문장을 한 번 더 발음했다. 그 말이 끝나기도 전에 새소리가 밤중에 한 번 울렸다. 어둠 속에서만 피어나는 낮의 신호가 순간적으로 시간을 잘라내듯 주위를 정지시켰다. 그녀가 들고 있던 작은 공책의 마지막 장에는 '오늘 떠난다'라는 글씨가 짙어져 있었다. 잉크는 마르지 않았고 손끝엔 미세한 미열이 남아 있었다.

그녀가 사라진 자리에는 지도 한 장과 멈춘 회중시계, 그리고 젖은 모래에 남은 두 발의 간격만이 남았다. 지도는 마을을 중심으로 삼중 원을 그려 놓았고 바깥 원의 간격마다 작은 별표가 찍혀 있었다. 별표의 수는 새소리가 울린 횟수와 같았다. 회중시계의 유리는 안쪽에서부터 서리처럼 뿌옇게 얼어 있었다. 바늘은 아침의 그 시각에 멈춰 있었다. 모래 위의 간격은 사람의 보폭이 아니라 마치 두 개의 시간이 서로를 건너뛰며 남긴 간격 같았다. 마누엘은 그것을 지우지 못하고 광장으로 돌아왔다. 아이들은 같은 리듬으로 손뼉을 두 번 치고 같은 타이밍으로 웃었다. 어른들은 같은 말로 '안녕'이라고 인사했다. 시계탑은 그대로였다. 그는 알아버렸다. 그녀는 사라진 것이 아니라 이 반복의 바깥으로 한 발 먼저 떠났을지도 모른다는 것을. 그리고 그 가정이 가장 무서운 진실일지도 모른다는 것을.

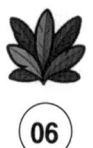

06

낡은 사진 속 똑같은 날짜

　밀림 마을의 오래된 집 한 채에서 마누엘은 낡은 나무 상자를 발견했고 그 안에는 곰팡내가 배인 사진 뭉치가 들어 있었다. 빛바랜 종이는 손만 스쳐도 부서질 듯 약했지만, 놀랍게도 모든 사진의 구석에는 같은 날짜가 적혀 있었다. 날짜는 멈춰 있었고, 매번 똑같은 날을 가리켰다. 사진 속 인물들은 세월의 흔적 없이 같은 표정을 짓고 있었고, 마을의 광장은 늘 같은 모양으로 찍혀 있었다. 더 이상 시간이 흐르지 않는다는 사실을 종이 위에서조차 확인하는 순간, 마누엘의 심장은 차갑게 식어갔다.

　사진 속에는 아이들이 뛰노는 모습이 담겨 있었고 그들의 손짓과 웃음소리까지 눈앞의 장면과 똑같았다. 마누엘은 오늘 본 장면을 어제의 사진에서 찾을 수 있었고, 심지어 내일 일어날 순간조차 이미 사진 속에 찍혀 있었다. 나무 아래서 옹기종기 모여

웃는 모습, 우물가에 서서 물을 긷는 여인의 자세, 장터의 상인이 건네는 똑같은 손짓, 모든 것이 날짜와 함께 고정되어 있었다. 사진은 과거의 기록이 아니라, 현재와 미래까지 미리 찍어둔 복제물 같았다.

그는 한 장의 사진을 집어 들어 자세히 살폈다. 사진 속 인물들은 똑같은 움직임을 반복하고 있었지만, 한 가지가 달랐다. 구석에 서 있던 누군가가 흐릿하게 지워진 채 남아 있었고, 그 실루엣은 사진을 보는 각도에 따라 달라졌다. 마치 사진 속에서 스스로 움직이고 있는 듯했다. 마누엘은 갑자기 그것이 자신이라는 사실을 깨달았다. 어제 찍힌 듯한 사진 속에, 그는 오늘 입고 있는 셔츠와 같은 옷을 입고 있었다. 그 순간 그는 소름에 휩싸였다. 사진은 단순히 시간을 담은 것이 아니라, 그를 포함해 사람들의 운명을 가두고 있었다.

다른 사진을 넘기자, 에스텔라의 모습이 보였다. 그녀는 늘 같은 자리에서 길을 떠날 준비를 하고 있었다. 그러나 사진 속 그녀의 발걸음은 한 장에서 다음 장으로 넘어갈 때마다 점점 희미해졌다. 마치 종이 위에서 지워져 가듯, 그녀는 점점 사라지고 있었다. 떠나려다 사라진 여행자의 운명은 이미 사진 속에서 예견되어 있었던 것이다. 마누엘은 종이 위의 그녀가 현실보다 먼저 사라진다는 사실에 섬뜩한 전율을 느꼈다.

사진 더미의 밑바닥에는 낯선 문장이 적힌 종이가 끼워져 있었다. 문장은 희미하게 바래 있었고, 이상한 기호와 함께 날짜가 반복해서 적혀 있었다. 그러나 그 날짜는 언제나 똑같은 날이었고, 다른 날은 단 한 번도 등장하지 않았다. 그것은 마치 이 마을이 단 하나의 날 안에서 무한히 반복되는 세계임을 증명하듯, 종이 위에 무겁게 박혀 있었다. 종이를 쥔 손끝에서 식은땀이 맺혔고, 그 냄새는 바다의 소금기와 피의 쇠맛을 동시에 풍겼다.

밤이 되어 모닥불 옆에서 사진을 꺼내자 불빛은 종이 위에 그림자를 드리웠다. 그림자는 단순히 사진의 형태를 따라가야 했지만, 실제로는 다른 모양을 그리고 있었다. 사진 속 인물의 그림자와 불빛에 비친 그림자가 일치하지 않았고, 그림자는 언제나 다른 방향을 가리켰다. 마누엘은 그것이 탈출구일지도 모른다고 생각했지만, 동시에 그것이 더 큰 덫일지도 모른다는 두려움에 손을 떨었다. 사진 속의 날짜는 변하지 않았고, 그림자만이 바깥을 향해 신호를 보내고 있었다.

그는 마지막으로 사진 더미를 모두 불 속에 던졌다. 그러나 불길은 사진을 태우지 못했다. 종이는 타오르는 대신 빛을 흡수하듯 붉게 번뜩였고, 사진 속 인물들이 모두 고개를 돌려 불빛을 바라보았다. 마누엘은 심장이 멈추는 듯한 두려움에 사로잡혔고, 사진 속 자신이 불길 너머에서 미소 짓는 것을 보았다. 사진은 시간의 기록이 아니라, 반복되는 하루를 유지하기 위한 장치였다. 그날 이후 그는 알았다. 아무리 발버둥 쳐도 날짜는 변하지 않고, 모든 것은 이미 사진 속에 새겨져 있다는 것을.

마을 중심의 고목나무 아래 숨겨진 문

 마을 중심의 고목나무는 멈춘 시계탑과 같은 자리에 뿌리를 내린 듯 매일 같은 그림자를 드리웠다. 새소리가 시작되기 전부터 수액의 냄새가 공기 속에 얇게 번지며 뿌리의 윤곽을 더 또렷하게 만들었다. 마누엘은 줄기 한가운데 세로로 난 옅은 흉터가 해가 기울 때마다 정확히 같은 밝기로 빛나는 것을 보았다. 흉터의 위아래로 박힌 매듭 같은 나이테의 눈들은 숫자처럼 배열되어 있었다. 땅을 발뒤꿈치로 가볍게 두드리면 북소리의 잔향이 바닥에서 올라왔다. 그것은 종일 묻어 있던 반복의 먼지를 털어내듯 한 번 흔들리다가 곧 아무 일도 없었다는 듯 조용해졌다.

 정오의 폭우가 그치고 무지개가 낮게 걸린 날. 마누엘은 에스텔라가 남긴 회중시계를 들고 나무 밑 둥근 뿌리 고리의 홈들을 따라 손가락으로 더듬었다. 각 홈은 대리석 궁전의 바닥 문장과 비슷한 간격으로 이어지며 삼중 원을 이루고 있었다. 바깥 원의 가장 얕은 홈 위에 시계를 내려놓자 멈춰 있던 초침이 두 번 뒤로 움찔하고는 다시 얼어붙었다. 그 순간 땅이 아주 얕게 들썩이며 껍질과 흙 사이에 눈꺼풀 같은 미세한 틈이 생겼다. 그 안에서는 어둠이 점처럼 비쳐 나왔고, 어디선가 속삭임이 돌아와 문은 아래가 아니라 옆으로 열린다는 말을 가르쳐 주듯 귓속에 박혔다.

마누엘은 밤을 기다렸다. 아이들이 창문 뒤에서 '내일 비가 오겠지'라는 문장을 동시에 중얼거리는 시간을 지나 고목 앞으로 돌아왔다. 두 손으로 줄기를 감싼 채 광장에서 들었던 손뼉 두 번의 리듬을 나무 속으로 천천히 주입하듯 가슴으로 두드렸다. 달빛이 가늘게 갈라진 가지 사이에서 세 번 같은 모양으로 부서졌다. 반딧불이 초침처럼 원을 그리며 틈의 가장자리에 붙어 한 점에서 멈췄다. 끊어진 새소리가 한 번 어긋나자 나무의 박동과 함께 틈은 종이의 옆면이 드러나듯 넓어졌다. 껍질의 결이 벗겨져 나가며 빛을 먹어 치우는 매끈한 면이 모습을 드러냈다. 그 면에서는 비 내린 뒤 흙냄새와 오래된 사진 인화지의 화학 냄새가 동시에 뿜어져 나왔다.

안쪽은 구멍이 아니라 옆으로 미끄러지는 복도였다. 뿌리들은 천장의 갈비뼈처럼 휘어 서로를 부여잡고 있었다. 벽에는 마을 사람들이 매일 주고받는 문장들의 얕은 음각이 빛의 각도에 따라 나타났다 사라졌다. 한 발을 디딜 때마다 발 아래의 흙이 어제의 발자국과 정확히 겹치면서도 반의 폭만큼 비켜나며 새로운 흔적을 허용했다. 복도의 모서리마다 수액이 맺혀 작은 렌즈를 만들고 있었다. 그 렌즈 안에는 같은 날짜가 찍힌 사진들의 장면이 미세하게 흔들리며 교체되었다. 어떤 렌즈에서는 마누엘 자신의 뒷모습이 고목 쪽으로 되감기듯 걸어가고 있었고, 다른 렌즈에서는 에스텔라가 그림자로 만든 문턱을 넘어 반쯤 사라진 발끝을 남기고 있었다.

복도의 끝에는 둥근 방이 있었다. 바닥 중앙에는 호박빛 수액이 고여 얇은 거울을 이루고 있었다. 천장에는 달력 같은 나선 문양이 새겨져 있었다. 각 고리에는 새소리와 시계탑의 정지 시각, 폭우의 시작점이 점으로 박혀 있었다. 마누엘이 수액의 가장자리에 손을 가까이 대자 표면이 안쪽으로 가볍게 숨을 들이켰다. 이어 장면이 바뀌었다. 첫 장면에서는 마을의 아침이 늘 그렇듯 반복되었다. 둘째 장면에서는 새소리가 한 음 낮아지고 무지개가 늦게 걸렸다. 셋째 장면에서는 시계탑의 바늘이 아주 미세하게 떨리다 한 칸 앞으로 나아갔다. 넷째 장면에서는 에스텔라가 나무의 옆문 반대편에서 손짓을 하며 입 모양으로 '오늘'이라고 말하는 것처럼 보였다. 그러나 손을 대는 순간 거울은 다시 처음의 아침으로 평평해졌다. 방의 공기는 무겁게 잠겼다.

문은 대가를 요구하는 듯했다. 그 대가는 물건이나 피가 아니라 대본을 부숴 나온 한 문장이었다. 마누엘은 광장에서 아무도 말한 적이 없는 말을 짜내듯 입술을 달랬다. 그는 '내일을 믿지 않겠다'고 낮게 말했다. 그러자 고목의 심장이 한 번 크게 박동했다. 벽의 음각들이 어둠으로 지워졌다. 반딧불의 원은 깨져 흩어졌다가 왼쪽으로 한 겹 더 겹쳐졌다. 틈은 책장을 옆으로 넘기듯 가만히 미끄러져 넓어졌다. 그 틈 사이에서 바람이 마을의 손뼉 소리가 없는 밤을 스쳐온 듯 맨살에 닿았다. 멀리서는 시계탑이 들리지 않는 소리로 한 칸 움직였다는 소식이 뼛속으로 전달되었다. 그는 허리에 밧줄을 매고 분필로 뿌리에 표시를 남긴 뒤 숨을 들이키며 문턱을 넘어섰다.

문 너머의 길은 아래로 내려가는 계단이 아니라 옆으로 비켜 걷는 듯한 경사였다. 뿌리와 흙의 섬유질이 길의 결을 만들어 발바닥을 붙잡았다 놓아주었다. 뒤를 돌아보면 언제나 같은 나무 껍질의 무늬가 이어졌다. 그러나 앞으로 한 걸음 더 가면 껍질의 무늬가 아주 미세하게 변했다. 그 변화가 오늘이라는 이름을 얻는다는 사실을 깨달았다. 고목의 호흡과 자신의 심장이 일치해 가는 사이 멀리서 에스텔라의 스카프가 바람에 한 번만 흔들리는 장면이 보였다가 꺼졌다. 마누엘은 돌아가서 모두에게 문이 옆으로 열린다고 말해야 한다고 생각했다. 그러나 말하는 순간 문이 닫힐 수도 있다는 예감에 입을 다물었다. 틈은 서서히 줄어들며 껍질의 결 속으로 문장의 자리를 숨겼다.

08
시간의 틈을 넘어간 아이

 아침은 늘 같은 새소리로 시작되었고 아이들의 손뼉은 같은 박자로 두 번 울렸다. 하지만 그날은 한 아이, 이름이 이네스인 소녀가 마지막 박에서 아주 약하게 엇박을 냈다. 그 작은 어긋남은 공기 속에서 파문처럼 번지며 시계탑의 멈춘 바늘 끝을 한 톨 흔들었다. 마누엘은 그 흔들림을 본 유일한 사람이 되었고, 이네스는 스스로도 이유를 모른 채 가슴이 먼저 알아챈 리듬을 따라 고개를 들었다. 그 순간 숲의 새소리가 아주 잠깐 낮아졌다가, 다시 제자리로 되돌아오는 것을 들었다.

 정오의 폭우가 쏟아질 때 이네스는 광장 바닥의 물웅덩이에 조약돌을 하나 떨어뜨렸다. 물은 어제와 똑같은 동심원을 만들었지만 어느 지점에서 멈춰 선 듯 흔들림을 멈췄다. 그 멈춤의 둘레에서만 무지개의 색이 순서를 바꾸며 노란 빛이 먼저 피어

올랐다. 소녀는 그 자리에서 발을 모자라게 디디며 다시 엇박을 만들었다. 순간 우물가를 스치던 바람이 얇은 틈으로 꺾여 고목 나무 쪽으로 흘렀다. 마누엘은 회중시계를 들고 따라갔고, 시계의 바늘은 멈춰 있었지만 눈금 사이의 어둠이 한 치 얇아진 것을 확인했다.

고목의 옆면에는 나뭇결을 따라 생긴 긴 흉터가 있었다. 이네스가 귀를 대자 안에서 작은 북소리가 울렸다. 그 북소리는 마을의 손뼉과 새소리 사이 어딘가에 숨은 빈 칸을 두드리고 있었다. 소녀는 일부러 리듬을 틀어 한 박 늦게, 다시 한 박 빠르게 나무에 손끝을 찍었다. 그러자 나무껍질은 책장이 옆으로 넘어가듯 얇게 벌어져 빛을 흡수하는 매끈한 면을 드러냈다. 마누엘은 허리에 밧줄을 매고 이네스의 손목에 가느다란 실을 묶었는데, 실은 어긋난 박자에 맞춰 미세하게 떨렸다.

 문은 아래로가 아니라 옆으로 열렸다. 안쪽 복도는 흙과 수액의 섬유질로 짜여 있었고 천장의 뿌리들은 갈비뼈처럼 휘어 서로를 붙잡고 있었다. 벽에는 마을 사람들이 매일 주고받는 짧은 문장들이 음각으로 새겨져, 빛의 각도에 따라 나타났다 사라졌다를 반복했다. 이네스가 한 걸음을 디딜 때마다 흙바닥은 어제의 발자국과 겹치면서도 반의 폭만큼 비켜나며 새 흔적을 허용했다. 복도의 모서리에는 수액이 맺혀 작은 렌즈가 되었고, 그 안에는 같은 날짜의 사진들이 뒤로 감기다 앞으로 튀듯 흔들렸다. 어느 렌즈에는 에스텔라의 스카프가 멈춘 채 걸려 있었다.

 복도의 끝은 둥근 방이었다. 바닥 중앙에는 호박빛 수액이 고여 거울 같은 표면을 이루었다. 그 거울은 소녀의 얼굴과 마을의 아침을 번갈아 비추었다. 첫 장면은 늘 그러했듯 새소리 두 번과 손뼉 두 번의 일치였다. 둘째 장면에서는 무지개의 시작점이 한 뼘 뒤로 밀려 있었고, 셋째 장면에서는 시계탑의 바늘이 떨다 말고 다시 원위치로 돌아갔다. 넷째 장면에서만 소녀는 자신이 없는 광장을 보았고, 그 빈자리의 그림자가 고목 옆으로 길게 뻗어 문턱을 넘어간 뒤 되감기며 사라졌다.

 이네스는 돌아갈지 더 나아갈지 갈림길에 섰다. 하지만 충동이 더 강하게 그녀를 끌어당겼다. 소녀는 엇박의 세 번째 변주를 만들며 거울의 테두리에 발끝을 올렸다. 그 순간 실은 팽팽해졌다 느슨해졌다를 두 번 반복하더니 찰칵 끊어져 버렸다. 마누엘이 밧줄을 당겼지만, 밧줄은 깃털처럼 가벼워져 손에서 흘렀다. 방 안의 공기는 사진 인화지의 냄새와 흙내로 가득 찼고, 소녀의 모습은 종이의 옆면처럼 얇아졌다가 잉크 한 줄처럼 사라졌다. 거울 위에는 손톱만 한 잎사귀가 떠올라 이슬로 날짜를 새겼는데, 그 날짜는 처음 보는 것이었다.

해가 바뀌지 않는 저녁에 소녀는 돌아왔다. 아무도 직접 보지 못했지만 모두가 동시에 한 박 느리게 숨을 쉬며 그 존재를 알아챘다. 고목 아래 흙에는 어제와 겹치지 않는 작은 발자국이 남아 있었다. 그녀의 주머니에는 이슬이 마르지 않은 잎사귀가 들어 있었고, 잎맥에는 새소리와 다른 리듬이 은빛 선으로 얽혀 있었다. 마누엘이 잎을 유리병에 넣자 공기 속에서 미세한 엇박이 생겨 마지막 손뼉이 먼저 울렸다. 시계탑의 바늘 끝에는 또 다른 흠집이 돋아났고, 아이들은 셋째 박을 준비하다 멈췄다. 이네스는 낮게 속삭였다.

"오늘이라고. 내일이 아니라 오늘이라고."

그리고 마을은 처음으로 어제와 완전히 똑같지 않은 밤을 맞이했다.

6장

빙하 속에서 걸어나온 남자

01

탐사대 앞에 나타난 얼음 속 사람

눈보라는 밤새 빙벽을 긁어내듯 몰아쳤고 탐사대원들은 천막 안에서 작은 난로 불에 의지한 채 몸을 웅크리고 있었지만 이른 새벽 빙하의 균열이 깊게 갈라지는 소리가 땅속에서부터 울려 나왔고 모두가 숨을 멈추며 귀를 기울이는 순간 흰 눈이 먼지처럼 흩날리며 계곡 안쪽에서 푸른 빛이 번져 나왔다. 균열의 틈새가 천천히 벌어지더니 얼음 속에서 한 형체가 서서히 드러났고 그것은 바람에 흔들리는 눈발 사이에서 어둠을 흡수한 듯 선명한 실루엣을 이루었으며 인간의 모습이지만 수백 년 동안 얼음에 잠겨 있던 듯 어깨와 팔이 빙결에 갇힌 채 꿈틀거렸다.

가까이 다가간 대원 중 한 명은 얼음을 손전등으로 비췄고 그 빛은 마치 유리 너머의 그림처럼 얼굴 윤곽을 드러냈는데 눈은 감겨 있었고 입술은 반쯤 열린 채 마치 방금 말을 하려다 멈춘 듯 굳어 있었으며 피부는 얼음의 푸른빛을 받아 석상처럼 빛났지만 자세는 살아 있는 사람처럼 당장이라도 움직일 것만 같았다. 숨을 내쉴 리 없는 그 존재 앞에서 대원들은 서로 눈빛을 주고받으며 얼음을 더 깨야 할지 망설였고 바람은 일순간 잦아들어 마치 빙하 자체가 숨죽인 듯 고요해졌다.

대원 중 가장 나이가 많은 이반이 얼음을 조심스럽게 두드리자 금속이 아닌 부드러운 울림이 돌아왔고 그때 얼음의 안쪽에서 미세한 균열이 스스로 번지듯 확장되더니 거미줄 같은 선이 손끝에서 어깨로, 가슴으로 이어졌다. 균열은 점점 빛을 머금었고 얼음의 결이 하얗게 갈라지며 마치 오래된 책장이 넘어가는 듯한 소리를 냈으며 드디어 형체가 한 발 내디딜 공간을 열어주

었다. 그 순간 주변 공기는 눈보라 속에서도 이상하게 따뜻해졌고 대원들의 입김이 순식간에 사라지며 모두가 무언가 시작되었음을 직감했다.

얼음 속 인물이 드디어 발을 내딛자 마치 빙하의 무게 전체가 옮겨지는 듯 땅이 낮게 울렸고 균열의 틈에서 흘러나온 수증기가 안개처럼 퍼져 대원들의 시야를 가렸다. 안개가 걷히자 그는 천천히 고개를 들었고 긴 머리카락은 얼음 가루와 함께 흩날렸으며 눈꺼풀이 떨리며 열리자 그 안에서 드러난 눈빛은 낮도 밤도 아닌 빛을 품고 있었다. 그것은 인간의 눈동자 같지 않았고 별빛의 파편을 삼켜 놓은 듯 깊은 공간을 품고 있었으며 그 시선을 마주한 대원들은 이유 없는 두려움과 동시에 알 수 없는 친근감을 동시에 느꼈다.

그는 말을 하지 않았지만 입술이 아주 미세하게 움직였고 마치 빙하와 대지가 공명하듯 낮은 울림이 공기 속에 번졌다. 누구도 그 소리를 정확히 단어로 옮길 수는 없었으나 모두의 가슴 속에서 같은 감각이 일어났는데 그것은 '기다림이 끝났다'는 느낌이었다. 몇몇 대원은 무릎을 꿇고 두 손을 모아 숨을 고르며 그 울림을 받아들였고 어린 시절 꿈속에서만 보았던 장면이 현실로 스며든 듯 눈물이 저절로 흘러내렸다.

그의 손에서 얼음 조각이 떨어져 내렸는데 그것은 단순한 빙편이 아니라 빛나는 수정처럼 반짝이며 땅에 닿자 작은 파동을 일으켰고 눈 위에 원형의 문양을 새겼다. 그 문양은 단순한 무늬가 아니라 일정한 패턴으로 이어져 있었고 그것을 바라보던 대원 중 한 명이 나지막이 별자리 같다고 중얼거렸다. 곧이어 하늘 위 구름 사이로 아침 해가 비추며 얼음의 잔해를 환하게 비추자 그 문양은 별빛의 지도처럼 더욱 선명하게 드러났고 모두는 본능적으로 그 문양이 이 남자가 어디서 왔는지를 가리킨다는 사실을 알았다.

그는 마침내 완전히 얼음에서 빠져나와 탐사대 앞에 섰고 바람은 다시 거세게 불어왔지만 그의 몸에는 눈송이가 닿자마자 사라졌다. 마치 시간이 그의 피부에 머무를 수 없는 듯 보였고 눈빛은 멀리 수평선을 향해 고정되었다. 누구도 감히 다가서 말을 걸 수 없었으나 모두의 마음속에는 같은 질문이 떠올랐다. 그는 과거에서 걸어 나온 자였을까, 아니면 아직 오지 않은 시간에서 미리 도착한 자였을까, 그리고 무엇보다도 왜 하필 이곳, 이 순간에 모습을 드러낸 것일까. 그 의문이 끝없이 부풀며 탐사대의 긴 여정을 새로운 미스터리의 출발점으로 바꾸어 놓았다.

02
눈을 뜬 순간의 낯선 언어

 남자가 얼음 속에서 꺼내져 눈꺼풀이 천천히 떨리며 열렸을 때 탐사대는 숨을 멈추었다. 그 눈동자는 세상의 빛을 처음 보는 것처럼 흔들렸지만 이내 가느다란 선으로 고정되었고, 차갑지 않은 짙은 빛이 눈 안쪽에서 흘러나왔다. 누구도 말을 꺼내지 못한 채 둘러서 있던 순간 남자의 입술이 미세하게 열리며 낮게 울려 퍼지는 소리가 흘러나왔는데 그것은 단순한 음성이 아니라 낯선 리듬을 가진 언어였고, 바람이 얼음의 갈라짐을 따라 퍼져나가는 듯 귓속에 남았다.

 탐사대원들이 서로를 바라보며 속삭이려 했지만 그 소리는 귀를 통해 전해지지 않고 뼛속으로 스며드는 듯했으며, 각자 다른 의미로 받아들여졌다. 누군가는 '여기서 나가지 말라'는 경고로 들었고, 누군가는 '나는 돌아왔다'는 선언으로 느꼈으며, 또 다른 이는 그것이 단순히 날씨의 리듬을 옮겨 놓은 듯한 파도소리 같다고 말했다. 언어는 하나인데 해석은 사람마다 갈라지고 있었고, 이는 마치 이 세계가 그에게 번역기를 제공하지 못하는 것처럼 보였다.

남자는 눈을 감았다가 다시 뜨며 두 번째 말을 이어갔고, 이번에는 길고 끊어지는 음절이 섞여 마치 별자리가 하늘에 나타났다 사라지는 것을 옮겨온 듯했다. 눈앞의 공기 속에 얇은 결이 생겨 언어가 보이는 형체로 드러났고, 탐사대원들은 그것을 눈으로 읽으려다 고개를 돌렸다. 보이는 동시에 이해되는 감각이 두려웠고, 이해하는 순간 머릿속 어딘가가 잘려나가는 듯 공허해지는 기분이 들었기 때문이다. 그러나 동시에 그 언어는 이해하지 않아도 이미 몸속에 각인되고 있었고, 잊으려 해도 지워지지 않았다.

소리를 가장 가까이서 들은 이반은 메모지에 급히 적어내려갔지만 그의 손은 자기 뜻대로 움직이지 않고 낯선 곡선을 스스로 그려냈다. 그가 멈추려 했을 때 손끝에서 잉크가 흘러 모양을 완성했고, 그것은 빙하에서 사라진 강의 흐름을 닮아 있었다. 그는 떨며 펜을 내려놓았지만 이미 종이는 온통 알 수 없는 문양으로 뒤덮여 있었고, 그 문양은 남자의 입술이 멈춘 뒤에도 미세하게 진동하며 살아 있었다. 마치 언어가 단순한 소리가 아니라 물질로서 옮겨붙은 것 같았다.

남자가 세 번째로 발음을 내뱉었을 때 텐트 바깥의 바람이 일시에 멎었다. 설원 위를 덮던 바람의 울음소리가 사라지고, 고요만이 공간을 채웠다. 그러나 귀에는 더욱 큰 파도가 몰려왔고, 대원들은 동시에 각자의 이름이 불리는 듯한 착각을 했다. 발음은 같았지만 각자에게는 자기만의 언어로 들렸고, 그 차이는 설명할 수 없었으며 공포보다 더 깊은 매혹을 불러왔다. 남자가 눈을 뜬 순간 발음이 중단되자 모든 소리가 다시 살아났고, 바람이 텐트를 두드리며 돌아왔다.

그 언어는 해석하기 위한 대상이 아니라 스스로를 새기는 힘을 가지고 있었다. 대원 중 한 명이 무심코 따라 발음을 흉내 냈는데, 순간 그의 코끝에서 흰 김이 아닌 푸른 안개가 흘러나왔고, 그가 눈을 크게 뜨자 잠깐 동안 동공이 두 개로 갈라졌다.

모두가 경악했으나 곧 원래대로 돌아왔고, 그는 기억조차 흐릿해 졌다며 머리를 감싸쥐었다. 그때 이반은 깨달았다. 언어는 지식을 전하는 수단이 아니라 세계의 틈을 열거나 닫는 열쇠일지도 모른다는 사실을.

 마지막으로 남자가 짧은 음절을 한 번 더 내뱉었을 때, 눈밭 위에 금속성 울림이 번졌다. 마치 빙하 아래 거대한 종이 한 번 울린 듯 진동이 퍼져나갔고, 멀리 얼음 절벽에서 얼음이 떨어져 내리며 무너지는 소리가 이어졌다. 대원들은 흔들리는 발밑을 붙잡으며 남자를 주목했고, 그는 눈을 감은 채 침묵 속에 앉아 있었다. 그러나 이미 그의 언어는 모두의 귀와 뼛속에 스며들어 있었고, 그 언어를 들은 순간부터 세계가 이전과 같은 구조로 보이지 않는다는 불길한 깨달음이 서서히 번져갔다.

03

주머니 속 종이 쪽지의 비밀

얼음에서 걸어나온 남자의 몸을 덮고 있던 빙가루가 바람에 흩어질 때 허리춤의 작은 주머니가 미세하게 흔들렸다. 이반이 조심스레 단추를 풀자 손끝에 의외의 온기가 스며들며 낡은 종이 한 장이 접힌 채 모습을 드러냈다. 종이의 모서리는 얼음에 눌린 듯 투명하게 눅눅했지만 표면은 마치 어제 적은 것처럼 또렷했고 잉크는 번지지 않았다. 가까이 얼굴을 들이댄 순간 냄새는 오래된 박물관의 서랍과 갓 꺼낸 금속의 냄새가 겹쳐 있는 이질적인 향으로 공기 속에 남았다. 누구도 이야기를 꺼내지 못한 채 종이의 중심을 따라 검은 곡선들이 맺고 흘러가는 낯선 문양을 바라보았다.

문양은 글자처럼 보였지만 읽으려 하면 모양이 아주 느리게 뒤틀려 다른 줄기와 닿았다. 선과 선 사이에는 보이지 않는 결이 있어 시선을 옮길 때마다 미세한 금빛 가루가 눈꺼풀 뒤에서 반짝였다. 이반이 종이를 살짝 기울이자 잉크의 굴곡이 별자리처럼 이어져 빙하 위 하늘의 칠흑과 수평을 이루었다. 한 번 본 도형이 다시 보면 달라져서 거미줄이 되었다가 나침반이 되었다가 흐르는 물길이 되며 의미를 바꾸었다. 종이 아래의 눈밭은 그 모양을 따라 아주 얕게 숨을 쉬듯 들썩였고, 바람이 잠시 멈추자 문양은 조용히 스스로를 정리해 하나의 길처럼 펼쳐졌다.

종이의 접힌 자국을 펼치자 겹친 면 사이에서 가느다란 소리가 새어나왔다. 그것은 종이끼리 긁히는 마찰이 아니라 낮은 속삭임에 가까웠다. 귀로 듣는 동안에는 의미를 잡을 수 없지만 가슴속에서는 완성된 문장처럼 박혔고 나중에야 이해가 따라붙는 이상한 언어였다. 탐사대원들은 동시에 서로 다른 장면을 떠올렸다. 누군가는 얼음 아래로 흐르는 검은 강을 보았고 또 누군가는 여름 숲의 빗줄기 속에서 반짝이는 유리 계단을 보았다. 이반은 잠깐, 자신이 아주 오래전 이곳에 왔다는 불쾌한 친밀감을 느끼며 손아귀의 힘을 놓칠 뻔했다. 종이는 그 순간 심장에 맞춘 듯 둔탁한 박동으로 손끝을 두 번 두드렸다.

종이 뒷면에는 지우개 가루처럼 희미한 점들이 원을 이루며 박혀 있었다. 그 점들 사이를 가느다란 선으로 연결하면 하나의 얼굴이 나타났다가 곧 해체되었다. 더 세게 누르면 선은 별자리로 뒤집혔고 북서쪽을 가리키는 화살표가 잠깐 떠올랐다가 사라졌다. 이반이 손전등을 돌려 빛의 각도를 바꾸자 종이는 마치 렌즈처럼 반사광을 모아 하늘로 얇은 실선을 던졌다. 구름 틈에 숨어 있던 별 하나가 그 실선 위에서 깜빡이며 내려앉는 흉내를 냈다. 남자의 가슴이 아주 미세하게 들썩일 때마다 점들의 간격이 바뀌어 살아 있는 지도처럼 재배열되었고, 우리는 종이가 단순한 기록이 아니라 맥박과 함께 작동하는 장치임을 이해하기 시작했다.

주머니에서 함께 나온 것은 조그만 금속 조각이었다. 손톱만 한 크기의 그 판은 구멍 하나 없이 매끈했지만 종이 위에 올려놓자 곧바로 잉크의 곡선들이 금속 가장자리에 달라붙어 원환을 그렸다. 이전에는 없던 작은 기호들이 가장자리에서 솟아나 종이의 여백을 채웠다. 그 기호들은 숫자처럼 보이면서도 계산을 거부했고 리듬처럼 보이면서도 박자를 어긋나게 했다. 금속을 떼어 내는 순간 문양들이 지워지지 않고 그대로 남아 금속의 빈자리 모양으로 파문을 내며 번졌다. 그 파문은 바닥의 눈 결정까지 따라 흔들어 얼음 표면에 반투명한 소문을 새겼고 우리는 무의식적으로 발을 한 발 뒤로 물렸다.

남자는 여전히 말이 없었다. 하지만 종이가 펼쳐질수록 얼굴의 근육이 아주 조심스럽게 꿈틀거렸다. 감은 눈꺼풀 아래로 작고 느린 움직임이 살아났다. 이반이 종이를 남자의 손가락 가까이에 가져가자 잉크 선들이 푸른빛으로 한 번 떨리고는 발열하듯 따뜻함을 내보냈다. 잠깐 동안 텐트 안의 성에가 녹아 물방울로 흘렀다. 그 물방울 안에서 문양이 뒤집힌 채 재생되었고 방울이 떨어지는 소리가 숫자처럼 정연하게 이어졌다. 그 수열을 따라 적어 내려가던 우리의 메모는 뜻하지 않게 같은 간격으로 반복되다가 한 자리에서 미세하게 어긋났다. 바로 그 어긋남이 문을 만들었다는 사실을 누구랄 것 없이 동시에 깨달았다.

종이의 마지막 접힘을 펼쳤을 때 가장 안쪽에 숨겨진 작은 사각형이 드러났다. 그 내부에는 겨우 손톱만 한 공백이 있었지만 공백은 비어 있지 않았다. 투명한 유리처럼 얇게 반짝였다. 이반이 숨을 들이쉬는 순간 공백의 표면에 우리의 몸이 아닌 다른 우리와 닮은 그림자가 스쳐 지나갔다. 공백은 즉시 닫히며 여백으로 돌아갔다. 바람이 다시 불자 종이는 처음의 온도로 가라앉아 조용해졌다. 우리는 이해했다. 종이는 읽는 것이 아니라 맞추는 것이다. 맞춘 사람의 시간만을 열어준다. 그리고 그 조용한 깨달음과 함께 멀리 얼음 절벽의 어둠에서 우리에게만 들리는 얇은 종소리가 한 번 울렸다. 오늘의 좌표가 움직였다는 사실을 알려주었고, 남자는 그제야 아주 느리게 돌아온다는 말과 떠난다는 말의 사이 어딘가에 걸린 표정으로 눈썹을 올려 숨을 내쉬었다.

70년 전 실종 보고서와 동일한 이름

눈보라가 가라앉고 얼음 동굴 안에서 끌어낸 남자가 잠시 눈을 감은 채 미동도 없을 때, 탐사대의 의무 담당이 가죽 점퍼 안쪽에서 발견한 신분 패치는 모두를 얼어붙게 만들었다. 낡은 천 조각에는 알파벳이 흐릿하게 남아 있었고, 거기 적힌 이름은 이미 오래전 실종 보고서에서 읽어 내려간 바로 그 이름과 완벽히 일치했으며, 70년 전의 기록 속에서 차갑게 종이 위에 묻혀 있던 그 사람과 눈앞의 인물이 하나의 존재로 이어지고 있었다. 대원들은 서로의 얼굴을 확인하며 말없이 숨을 삼켰고, 기록과 현실이 겹쳐지는 순간의 섬뜩한 위압감 속에서 동굴의 공기마저 무겁게 응축되었다.

이름은 '엘리엇 모건'이었다. 1940년대 말, 북극 근방에서 기상 탐사를 하던 중 돌연 행방이 끊긴 인물로 당시 보고서에는 마지막 무전이 '나는 길을 보았다'라는 말뿐이라고 기록되어 있었다. 그 짧은 문장이 수십 년 동안 신비와 미스터리를 불러왔고, 실종 사건은 얼음 속으로 삼켜진 채 누구도 실체를 밝히지 못한 채 남아 있었다. 그런데 지금, 그 이름을 단 인물이 아무렇지 않게 얼음에서 걸어나왔다는 사실은 단순한 생존의 기적이 아니라, 시간의 경계를 넘어선 사건이라는 공포를 심어주었다.

탐사대의 연구원 아냐는 급히 위성 통신기를 꺼내 과거 기록을 대조했다. 노트북 화면에 떠오른 오래된 스캔본 속 필체와 패치의 인쇄체가 서로를 비추듯 닮아 있었고, 더 놀라운 것은 당시 보고서에 첨부된 사진 속 얼굴이 얼음 속 인물의 윤곽과 놀랍도록 일치한다는 점이었다. 이마의 흉터, 뺨의 곡선, 턱의 모양까지 마치 어제 찍은 사진처럼 현재와 겹쳤고, 세월의 흔적조차 보이지 않는다는 사실은 탐사대의 이성을 흔들었다. 마치 그는 70년 전 눈보라 속에서 곧장 현재로 걸어 들어온 것처럼 보였다.

대원 중 일부는 그가 단순히 우연히 같은 이름을 가진 인물일지도 모른다고 주장했지만, 기록 속 좌표와 이번 탐사의 위치가 고스란히 겹쳐 있다는 점에서 그 가능성은 산산이 부서졌다. 더구나 당시의 실종 보고서에는 '발견되면 반드시 격리할 것'이라는 비밀스러운 각주가 남아 있었고, 그 문장은 마치 미래의 이 순간을 경고하듯 탐사대원들의 머릿속을 얼어붙게 했다. 누구도 그 의미를 설명할 수 없었고, 오히려 그 경고가 지금 현실 속에서 스스로 증명되고 있다는 점이 오싹함을 더했다.

엘리엇 모건은 천천히 눈을 떴다. 빛이 닿자 그 눈동자 속에서는 보통 사람에게는 없는 미세한 얼음의 결이 반짝였고, 눈꺼풀 사이에서 스며 나오는 호흡은 언어가 되지 않은 소리로 흘러나왔다. 그러나 놀라운 것은, 그 소리를 음성 기록 장치에 남겨 전송해 보니 70년 전 보고서에 기록된 마지막 무전의 진동 패턴과 정확히 같았다는 사실이었다. 즉, 그는 여전히 같은 순간을 말하고 있었고, 시간은 그를 건너뛰지 않고 고스란히 붙잡고 있었던 셈이었다.

탐사대는 점점 무너지는 이성과 맞서 싸워야 했다. 한쪽에서는 이 인물이 인류학적 발견이라고 주장했고, 다른 한쪽에서는 즉시 격리하고 떠나야 한다고 소리쳤다. 하지만 대원들은 공통적으로 한 가지 의문에 매달릴 수밖에 없었다. '70년 전 보고서에 남겨진 이름이 어떻게 지금, 이 남자의 입술에서 다시 발음되고 있는가'라는 물음이었다. 그 물음은 얼음 동굴의 벽에 스스로 반향하며 메아리쳤고, 대원들은 자신들이 더 이상 탐험대가 아니라 하나의 실험 안에 갇힌 존재일지도 모른다는 불안에 사로잡혔다.

그리고 마지막으로, 이반이 종이를 꺼내 들었다. 그것은 이전에 남자의 주머니 속에서 발견된 쪽지였고, 그 구겨진 종이의 하단에는 희미하게 '엘리엇 모건'이라는 서명이 남아 있었다. 필체는 실종 보고서의 서명란과 완벽히 같았으며, 날짜는 '1953년 1월 12일'로 적혀 있었다. 그 날짜는 정확히 오늘과 같은 날이었고, 단지 70년의 간극만이 그 사이를 갈라놓고 있었다. 대원들은 그 간극이 사실 존재하지 않았다는 결론에 도달했고, 시간은 껍질처럼 겹쳐진 채 이 자리에서 터져 나온 것이라는 끔찍한 추측을 삼키며 얼어붙은 침묵 속에서 서로를 바라보았다.

05
빙하 아래로 내려간 구두 소리

빙하 절벽 아래에서 남자의 숨결이 겨우 이어지고 있을 때, 탐사대의 귀에는 낮게 울리는 구두 소리가 들려왔다. 그것은 바람이 부는 소리와도 달랐고, 얼음이 갈라지는 균열음과도 달랐다. 확실히 누군가 단단한 표면 위를 천천히 걸어 내려가는 발걸음의 리듬이었다. 그러나 주변에는 우리밖에 없었고, 그 발자국은 눈 위가 아니라 얼음 속에서 들려오는 듯 했다. 마치 보이지 않는 계단이 빙하 아래로 길을 열고, 그 위를 묵묵히 내려가는 사람의 그림자가 존재하는 듯했다.

이반은 귀를 기울이며 얼음을 손전등으로 비추었다. 빛은 두꺼운 얼음 벽을 통과하지 못하고 내부에서 퍼져 나가 희미한 안개 같은 빛무리를 만들었다. 그 속에서 구두 굽이 닿는 듯 '탁, 탁' 하는 반향이 물결처럼 번졌다. 발자국은 일정한 간격으로 들려왔으나, 간혹 한 박이 비껴 어긋나며 울렸다. 그 순간 얼음 속의 결들이 미세하게 갈라져 낯선 문양이 형성되었고, 이는 종이 쪽지에서 보았던 곡선들과 유사했다. 마치 종이의 언어가 소리로 바뀌어 우리 앞에서 재생되는 것처럼 느껴졌다.

 소리는 점점 깊어졌다. 처음에는 가까운 발소리처럼 또렷했지만, 시간이 지날수록 멀어지기보다는 아래로 끌려 내려가는 듯 울렸다. 발자국의 간격은 일정했지만 속도는 점점 느려져, 마치 무게를 짊어진 존재가 의도적으로 발걸음을 늦추는 것 같았다. 그 소리에 맞추어 빙하 벽면의 얼음 결정들이 하나씩 떨어져 나갔다. 바닥에 부딪히는 순간에도 발자국 소리와 같은 박자로 울려 퍼졌다. 우리는 알 수 있었다, 이건 단순한 착각이나 환청이 아니라, 얼음이 그 발자국의 흔적을 따라 몸을 떨고 있다는 것을.

 대원 중 한 명이 얼음 벽에 귀를 댔을 때, 그는 곧장 몸을 움츠리며 뒤로 물러났다. 귀를 통해 들어온 것은 단순한 소리뿐 아니라, 누군가의 호흡이 섞인 바람이었다. 차갑지만 확실히 살아 있는 숨결이었다. 그것은 오래 전 이 길을 따라 내려갔던 자들의 잔향이거나, 혹은 지금 이 순간도 여전히 걷고 있는 존재일지도 몰랐다. 소리가 점점 아래로 사라지자, 우리는 눈치채지 못하는 사이에 무릎을 굽히고 있었다. 발소리 하나하나가 심장의 박동을 늦추고, 시간의 흐름을 다른 박자에 맞추고 있었기 때문이다.

어느 순간 발자국은 멈췄다. 대신 아주 낮은 금속성 울림이 땅속에서 치밀어 올랐다. 마치 구두 굽이 쇠붙이 바닥에 닿은 것 같은 소리였다. 동시에 바람이 끊어지고 텐트 안의 등잔불이 잠깐 흔들렸다. 그 울림은 단순한 소리가 아니었다. 우리 발밑의 얼음이 얇게 떨리며 살아 있는 악기처럼 공명하고 있었기 때문이다. 이반은 입술을 깨물며 말했다. 누군가 지금도 내려가고 있으며, 우리가 듣는 것은 그의 실제 발걸음이 아니라 남겨진 시간의 메아리일지도 모른다고.

이제 소리는 더 이상 인간의 발자국이라 할 수 없었다. 그것은 규칙적으로 울리다가 어느 순간 이중 박자로 갈라졌다. 마치 두 명이 같은 길을 걷는 듯했다. 그러나 두 박자의 간격은 점점 달라져, 어느 순간엔 겹치고 다른 순간엔 어긋났다. 그 어긋남은 종이 쪽지에서 보았던 '문'과 같았다. 틈이 열리듯 울리는 소리의 패턴이 새로운 길을 만들어내고 있었던 것이다. 이반은 본능적으로 발을 뒤로 물러섰지만, 대원 중 한 명은 무의식적으로 소리를 따라 앞으로 걸음을 내디뎠다. 그리고 그 순간 그의 발밑 얼음이 미세하게 꺼지며 깊은 메아리를 삼켰다.

 마지막으로 들린 것은 단 한 번의 발소리였다. 그것은 누군가 계단의 마지막 단을 내려설 때 내는 소리 같았다. 이후로는 아무 소리도 이어지지 않았다. 하지만 그 순간 빙하의 깊은 곳에서, 우리가 서 있는 자리를 향해 위로 솟아오르는 차가운 기운이 느껴졌다. 그것은 발자국의 주인이 떠난 것이 아니라, 이제 우리의 뒤를 따라 올라오고 있다는 신호 같았다. 구두 소리는 사라졌지만 그 울림은 여전히 귀 안에 남아, 누구도 감히 입을 열지 못하게 만들었다. 우리는 알았다. 이 빙하 속에는 단순한 얼음뿐 아니라, 아직 끝나지 않은 발걸음의 길이 숨겨져 있다는 것을.

06
눈보라 속에서 본 그림자 무리

밤이 깊어지고 눈보라가 다시 몰아칠 때, 탐사대는 바람 속에서 흔들리는 기묘한 소리를 들었다. 그것은 단순히 얼음이 갈라지는 소리도 아니고, 눈발이 부딪히며 내는 마찰음도 아니었다. 오히려 사람의 발소리와 옷자락 스치는 소리가 섞여 있었다. 아무도 움직이지 않았는데, 흰 눈밭 위에는 우리 것과 다른 발자국이 희미하게 찍혀 있었다. 바람이 불 때마다 그 흔적은 지워졌다가 다시 나타났고, 마치 그림자가 눈 속에서 드나드는 것 같았다.

이반은 손전등을 켜서 설원 위를 비추었지만, 빛줄기는 눈보라에 막혀 몇 미터 앞조차 명확히 보여주지 못했다. 그러나 분명히 그 안에는 형태가 있었다. 다리와 팔을 가진 듯한 실루엣들이 흰 장막 뒤에서 움직이고 있었다. 그 수는 셀 수 없이 많았고, 바람결에 따라 일렬로 늘어서다가, 원형으로 모였다가, 때로는 서로

엇갈리며 마치 의식을 치르는 듯한 동작을 반복했다. 눈발은 그들의 몸을 가렸다가 드러냈지만, 드러난 순간조차도 그 경계선은 흐릿해 현실과 환영의 경계에 걸려 있었다.

 그림자 무리는 소리를 내지 않았지만, 우리의 가슴 속에서 분명한 울림을 남겼다. 마치 심장의 박동과 같은 리듬이 눈보라 속에서 반사되어 들려오는 듯했다. 한 대원이 무심코 숨을 크게 내쉬자, 그 흰 입김이 곧바로 무리 쪽으로 빨려 들어가 흩어졌다. 순간 그림자 하나가 멈추더니 고개를 천천히 돌린 듯한 기운이 전해졌다. 얼굴은 보이지 않았으나, 우리 모두는 동시에 시선을 느꼈다. 그것은 단순한 우연이 아니라, 존재가 우리를 바라보고 있다는 분명한 감각이었다.

 갑자기 바람이 꺾이며 눈보라가 잠시 열렸을 때, 우리는 선명하게 그것들을 볼 수 있었다. 사람의 모습과 흡사했지만, 다리의 길이가 비정상적으로 길고 팔은 옷자락처럼 펄럭였다. 그리고 그들의 걸음은 땅 위를 밟는 것이 아니라 공기 중을 미끄러지듯 이어졌다. 그림자 무리의 선두에 선 존재는 손을 들어 올렸는데, 손가락이 아닌 길게 갈라진 빛줄기가 번쩍이며 공중에 문양을 그렸다. 그 문양은 주머니 속 종이에서 본 곡선과 닮아 있었고, 잠깐 동안 눈보라 자체가 그 도형을 따라 회전했다.

도형이 완성되는 순간, 눈 위에는 기묘한 변화가 일어났다. 발밑의 눈이 잠깐 고체에서 액체처럼 흔들리며 파문을 만들었고, 그림자 무리의 발자취가 그 파문 위로 겹쳐졌다. 그런데 그 발자취는 실제 눈에 찍히지 않았음에도 우리 시야에서는 분명히 새겨지는 것처럼 보였다. 대원 중 한 명은 비명을 지르며 눈 위에 무릎을 꿇었는데, 그는 자신이 아닌 '다른 자기'가 그림자 무리 속에서 걸어가고 있다고 말했다. 그의 목소리는 공기 속으로 흩어졌고, 그림자 하나가 그 말소리와 합쳐져 더 크게 부풀어 올랐다.

눈보라는 점점 세차졌지만, 그 안에서 무리의 움직임은 더 뚜렷해졌다. 마치 눈발이 이들의 형체를 보호하는 장막처럼 작동하고 있었다. 이반은 손전등을 끄고 눈을 좁혔다. 불빛을 사용하지 않는 순간, 오히려 더 선명하게 그림자들의 윤곽이 보였다. 그들은 우리와 같은 수를 이루고 있었고, 심지어 동작 하나하나가 우리가 서 있는 자세와 미묘하게 어긋나게 겹쳐졌다. 한 발 반 정도의 차이로, 우리와 비슷하지만 절대 같은 리듬이 아닌 존재들이 바로 앞에서 병행하고 있었던 것이다.

마지막으로, 바람이 절정에 이르렀을 때 그림자 무리는 일제히 고개를 들어 하늘을 바라보았다. 그들의 시선이 닿은 곳에 북극광 같은 빛이 일어나 눈보라를 휘감으며 수직으로 솟구쳤다. 우리는 눈을 가렸지만, 눈꺼풀 뒤에도 그 빛이 새어 들어와 별자리처럼 흩어졌다. 그리고 빛이 사라진 뒤, 그림자 무리는 더 이상 존재하지 않았다. 그러나 눈 위에는 분명히 남아 있었다. 우리와 똑같은 발자국이, 우리보다 한 걸음 앞서 찍혀 있었고, 그 끝은 빙하 절벽 아래로 이어졌다. 우리는 알아버렸다. 이곳에서 걷는 것은 우리뿐이 아니며, 눈보라 속의 그림자들은 여전히 다른 시간의 층위에서 병행하고 있다는 사실을.

07
남자가 사라진 자리의 작은 모닥불

그날 새벽, 남자의 흔적은 온전히 사라지고 텐트 앞에는 작은 모닥불만 남아 있었다. 바람이 거세게 불고 있었는데도 불꽃은 흔들리지 않았고, 오히려 빙하 위에 정직하게 서 있었다. 장작도 없고 재도 없었으며, 눈 위에 직접 놓인 불꽃은 얼음을 녹이지도 않았다. 오히려 불빛이 번지면서 눈 속에 갇힌 미세한 기포들이 일제히 반짝였다. 탐사대원들은 서로 눈빛을 주고받으며 누가 먼저 손을 내밀어야 하는지 망설였다.

모닥불은 평범한 화염의 색이 아니었다. 불꽃의 중심은 금빛을 띠었고 바깥으로 갈수록 푸른 빛이 겹쳐져 오로라처럼 흘렀다. 바람에 흔들려야 할 불길은 오히려 일정한 리듬으로 맥박을 치듯 움직였다. 이반이 가까이 다가갔을 때 불꽃의 가장자리가 잠깐 늘어나 그의 손목을 스치는 듯했는데, 화상 대신 온기가 남았다. 그 온기는 마치 심장이 두근거릴 때의 체온 같았고, 잠시 그의 맥박과 겹쳤다. 대원들은 숨을 고르며 불꽃 속에서 작은 목소리를 들었다.

그 목소리는 불길이 내는 소리가 아니라, 불꽃 사이에서 기포가 터지듯 새어나오는 속삭임에 가까웠다. 처음에는 바람이 스치는 소리로 들렸지만 점점 단어 같은 형태로 이어졌다. 낯설지만 어디선가 들은 듯한 음조였다. 그것은 남자가 눈을 떴을 때 사용했던 그 언어와 비슷했으며, 발음 하나하나가 공기를 뒤집으며 퍼졌다. 이해할 수 없었지만, 듣는 이의 뇌 속에 직접 새겨지는 느낌이 강렬했다. 몇몇은 자기도 모르게 대답하려 입술을 달싹였으나 소리는 나오지 않았다.

불길은 종종 모양을 바꾸며 하나의 그림을 만들었다. 처음에는 빙하 속을 걷는 남자의 실루엣이 나타났다가, 곧 커다란 원이 형성되며 발자국처럼 반복되는 패턴을 그렸다. 또다시 불꽃은 나선형으로 엮여 올라갔고, 탐사대원들은 그것이 빙하 아래서 들려오던 구두 소리의 궤적이라는 사실을 깨달았다. 그 소리는 남자의 발걸음이 아니라 모닥불이 기록해둔 기억이었다. 불꽃이 내뿜는 형상은 불길이 아닌 시간의 필름처럼 보였고, 보는 순간 우리 자신의 발자국이 그 안에 겹쳐졌다.

가까이 다가간 한 대원이 모닥불 위로 손을 뻗자 불길이 움찔하며 그 손가락에 작은 흔적을 남겼다. 그것은 화상도 아니고 단순한 열감도 아니었다. 불꽃이 지나간 자리에 희미한 문양이 남았는데, 주머니 속 종이 쪽지에서 본 곡선과 같은 형태였다. 문양은 곧 사라졌지만 남은 자국은 손가락 끝의 감각으로 계속되었다. 마치 남자가 떠난 자리에 불꽃을 남겨 우리의 손끝에 언어를 새기고 간 듯했다. 그 순간 바람이 멎고 텐트 안의 시계가 한 박 늦게 움직였다.

불꽃 주위의 눈밭은 녹지 않았지만, 표면은 거울처럼 반짝였다. 불빛이 반사될 때마다 그 안에 다른 장면이 보였다. 어떤 장면은 남자가 걸어 나왔던 순간을 다시 보여주었고, 또 어떤 장면은 우리가 알지 못하는 시대의 설원을 비추었다. 그곳에는 우리가 아닌 사람들이, 같은 눈보라 속에서 같은 불꽃을 둘러싸고 있었다. 모닥불은 단순한 흔적이 아니라 다른 시간대의 사람들을 이어주는 매개체처럼 보였다. 우리와 똑같이 불을 바라보던 얼굴들이 눈 속에 잠깐 나타났다가 사라졌다.

마지막으로 불꽃은 한 번 크게 일렁이며 금빛 화살표 모양을 만들었다. 그 끝은 빙하의 깊은 균열을 향하고 있었고, 바람 속에서 다시 낯선 속삭임이 들렸다. 그것은 마치 '여기서 끝나지 않는다'라는 뜻처럼 느껴졌다. 그리고 곧 불꽃은 바람에 삼켜지듯 사라졌다. 그러나 불이 있던 자리에는 차갑게 식은 재도, 탄 흔적도 없었다. 오직 한 줌의 따뜻한 기류가 손끝을 감싸고 있었고, 남자가 남기고 간 작은 모닥불은 여전히 우리 안에서 꺼지지 않은 채 맥박처럼 뛰고 있었다.

08
남긴 유일한 말, 다시 올 것이다

 남자가 마지막으로 모습을 드러낸 순간, 텐트 안은 숨이 멎은 듯 고요했다. 눈보라는 여전히 천막을 흔들고 있었지만 내부는 바람조차 닿지 않는 다른 시간의 방 같았다. 남자의 입술이 아주 천천히 움직였고, 소리가 공기를 타고 나오자마자 금속을 긁는 듯한 진동이 공간 전체에 퍼졌다. 아무도 알아듣지 못할 낯선 언어였으나 그 끝에 남은 하나의 문장은 분명했다.
 "다시 올 것이다."
 단 세 마디가 얼음보다 차갑게, 그러나 심장 속에서는 불씨처럼 타올랐다.
 그 목소리가 사라지자마자 모닥불은 갑작스레 흔들리더니 길게 뻗어 빙벽 쪽으로 화살표를 그렸다. 마치 그의 말과 불꽃이 하나의 장치였던 듯, 불길은 순간적으로 빛을 압축해 균열 사이로 밀어 넣었다. 균열은 오래된 책장이 넘어가듯 진득한 소리를 내며 조금 열렸다. 우리는 그곳에서 얼음 속으로 뻗어 들어가는 검은 그림자 무리를 보았다. 그러나 남자는 이미 보이지 않았다. 오직 말의 잔향만이, 텐트 안의 공기를 계속 흔들고 있었다.

이반은 얼어붙은 듯 서 있다가 무의식적으로 종이를 다시 꺼냈다. 종이는 남자가 떠난 순간부터 조용히 빛을 잃어갔는데, '다시 올 것이다'라는 말이 끝난 뒤 잉크 선 하나가 새로 생겨 있었다. 그것은 길도 아니고 도형도 아니었다. 단 하나의 원. 그리고 그 원은 중심에서부터 천천히 맥박을 치며 살아 움직였다. 우리는 그것이 약속인지, 경고인지 구분할 수 없었지만 그 심장은 우리 심장과 같은 박자로 뛰었다. 종이는 말의 증언을 대신 새기고 있었다.

밤이 깊어지자, 텐트 밖 눈밭에는 아무 발자국도 남아 있지 않았다. 남자가 사라진 자리에는 작은 모닥불조차 더 이상 없었다.

그러나 눈 속 깊숙한 곳에서 아주 은은한 붉은빛이 스며 나오며 우리를 불렀다. 그것은 마치 남자가 빙하 아래로 내려간 뒤에도 여전히 불을 지피고 있는 듯한 착각을 주었다. 발을 내디딜 때마다 발밑에서 구두 소리가 울려 퍼졌고, 우리는 그 소리가 남자가 사라지며 남긴 리듬임을 알았다. 불빛은 점점 약해졌으나, 사라지지는 않았다.

대원들 중 한 명은 속삭였다.

"다시 올 것이다, 그건 우리를 위한 약속일까, 아니면…"

그러나 말을 끝맺지 못했다. 바람 속에서 갑자기 남자의 음성이 다시 메아리쳤다. 똑같은 말, 그러나 이번에는 귓속이 아니라 머릿속에서 직접 울렸다.

"다시 올 것이다."

각자 다른 장면이 눈앞에 스쳤다. 어떤 이는 빙하가 무너지는 장면을, 어떤 이는 눈보라 너머로 이어지는 불빛의 길을 보았다. 말은 단순히 소리가 아니었고, 보는 이마다 다른 비전을 불러내는 열쇠였다.

우리는 서로 눈을 마주쳤지만 누구도 먼저 입을 열지 못했다. 텐트 안 시계는 여전히 같은 자리에 멈춰 있었으나 초침 끝이 아주 미세하게 흔들리고 있었다. 그 흔들림은 '다시 올 것이다'라는 말과 정확히 같은 간격으로 진동했다. 시간 자체가 그의 말에 맞쳐 맥박을 치는 듯했다. 이반은 종이를 가슴에 눌러 안으며 한 번 더 확인했다. 원은 여전히 살아 있었고, 그 안쪽에서 눈에 보이지 않는 불씨가 차츰 커지고 있었다.

새벽이 밝아올 무렵, 눈보라는 갑작스레 잦아들었다. 하늘은 여전히 흐렸지만, 어둠 속에서 오직 균열의 방향만이 희미하게 빛났다. 우리는 그곳이 다음 길이라는 걸 알았다. 그러나 동시에 두려움도 스며들었다. '다시 올 것이다'라는 말은 그가 우리 곁으로 돌아온다는 뜻일까, 아니면 우리가 그의 시간으로 들어가야 한다는 의미일까. 답은 없었고, 남자는 이미 없었다. 다만 마지막 순간에 남긴 그 말이, 우리 각자의 심장 속에서 불씨처럼 꺼지지 않고 타올랐다. 그리고 그 불은 언젠가 반드시 다시 문을 열리게 만들 것이다.

거인의 흔적에서 시작된 여섯 개의 미스터리
사라진 시간의 발자국

초판 1쇄 발행 2025년 10월 10일

지은이 미홀
펴낸이 백광석
펴낸곳 다온길

출판등록 2018년 10월 23일 제2018-000064호
전자우편 baik73@gmail.com

ISBN 979-11-6508-653-4 (03810)

이 책은 저작권법에 따라 보호받는 저작물이므로 무단 전재와 무단 복제를 금지하며, 이 책 내용의 전부 또는 일부를 이용하려면 반드시 저작권자와 다온길의 서면동의를 받아야 합니다.

잘못 만들어진 책은 구입하신 서점에서 교환해 드립니다.
책값은 뒤표지에 있습니다.